兄嫁はワケあり管理人

葉月奏太

Souta Hazuki

イースト・プレス 悦文庫

目次

兄嫁はワケあり管理人

第一章　筆おろしは突然に

1

高層ビルの間から見える西の空が、いつしか燃えるようなオレンジ色に染まっている。

この時間になっても吹き抜ける風は暖かい。蔵間善春（くらまよしはる）は自転車のペダルを漕（こ）ぎながら、ふと花の香りを感じて周囲に視線をめぐらせる。

花は見つからないが、気のせいではないだろう。コンクリートに囲まれた都心にも春は訪れる。ついこの間までダウンジャケットを着ていたのに、今はTシャツに薄手のブルゾンだけでも大丈夫になっていた。

善春は二十歳の大学三年生だ。自分で言うのもなんだがまじめな学生で、今も講義を受けてマンションに帰る途中だ。

そろそろ就職を真剣に考えなければならない時期だが、まだ自分のやりたいことがはっきり決まっていない。呑気に構えているわけではなく、すでに動き出している友人たちを見て焦っていた。

しかし、善春は特殊な家庭環境で育ったため、自分の将来を現実的なものとして思い描くことができなくなっていた。

歩行者が少なくなったので、ペダルを漕ぐスピードをあげる。

歌舞伎町の雑踏を抜けて奥に進むと商業施設は減り、雑居ビルやマンションが多くなる。華やかなネオンはいっさいなく、歩いているのは地元の人だけという地域だ。

その一角に「サンセットマンション」は建っている。

表向きは普通のマンションだ。地上十階建てで地下に駐車場がある。一階は管理人室と従業員の部屋があり、二階は管理人と家族の住居となっている。三階から六階はワンフロアにふた部屋の賃貸物件、七階から十階はワンフロアにひと部屋のラグジュアリールームで、計十二世帯が入居可能だ。

常に満室だが、入れかわりは激しい。今日も引っ越しがあったのか、マンションの前に二トントラックが停車していた。

「もしかして、キミが管理人さんの弟くんかな」

トラックの横に立っていた見知らぬ女性に声をかけられた。

茶色の派手な巻き髪と長い睫毛が印象的な美女だ。ボディラインがはっきりわかる真紅のワンピースを纏って、やはり真紅のハイヒールを履いている。乳房が大きく張り出しており、尻にはむっちり脂が乗っていた。

しかも、タイトなワンピースの裾はやけに短く、網タイツに包まれた太腿がなかほどまで露出している。すらりと長い美脚だ。足首は細く締まり、ふくらはぎが優美な曲線を描いていた。

（す、すごいな……）

善春は返事をするのも忘れて、目の前の女体を見つめている。いけないと思っても、視線がついつい吸い寄せられてしまう。

腰が驚くほど締まっているため、乳房と尻のボリュームが強調されている。ハイヒールを履いているため、尻の位置が高いのも素晴らしい。女体が描き出す艶めかしい曲線が、牡の欲望を猛烈に刺激した。

日本人離れしたプロポーションだ。

最初に顔を見たときは十代かと思ったが、見事なボディが醸し出す圧倒的な色香はやはり年上だろう。もしかしたら、二十代後半かもしれない。全身からフェロモンが濃厚に漂っている。いずれにせよ、善春がこれまでかかわったことのないタイプの女性だ。

「そこを使わせてもらおうと思ったら、管理人さんに弟の場所だからって断られちゃったのよね」

彼女は白くてほっそりした指先で善春の自転車を指さした。

エントランスの隣に駐輪場があり、自転車を停める場所は各部屋で決まっている。善春が停めたのを見て、彼女は声をかけてきたらしい。

「キミが弟くんでしょ」

「そ、そうですけど……」

善春はなんとか女体から視線をそらして答える。

弟といっても血はつながっていない。このマンションの管理人は兄の妻で、善春は義理の弟だ。

「場所なら代わりますよ」

自転車に鍵をかけながら、女体を見ないようにしてつぶやく。

駐輪する場所にこだわりはない。兄嫁が気を使って出し入れがしやすい手前にしてくれたが、奥のほうでも構わなかった。

「俺はどこでもいいですから」

「あら、やさしいのね」

彼女はそう言って、まっ赤なルージュが光る唇に笑みを浮かべる。そして、善春の顔をまじまじと見つめた。

「でも、けっこうよ。自転車、まだ買ってないから」

からかわれているのかもしれない。

これ以上、話をしても時間の無駄だ。善春は早々に立ち去ろうとするが、彼女が目の前にすっと移動して進路をふさいだ。

「わたし、今日、ここに越してきたの」

こちらから尋ねたわけでもないのに、彼女は自己紹介をはじめる。

小峰美久（こみねみく）。７０１号室のラグジュアリールームに引っ越してきたという。年齢は二十八歳で、少し前までキャバクラで働いていたらしい。

（女の人はめずらしいな……）

思わず胸のうちでつぶやいた。

入居者の入れかわりが激しいマンションだが、なぜか女性を見かけることはほとんどなかった。

「これでもナンバーワンだったのよ」

美久は腰に手を当てて、自慢げにポーズを取る。

確かにゴージャスな感じの美女で、プロポーションも抜群だ。キャバクラのナンバーワンだったというのも納得できる。だが、今現在なにをやっているのかは語らなかった。

「信じてないでしょ」

「し、信じてます……」

「なにを信じてるの」

美久が歩み寄り、至近距離から善春の顔をのぞきこんだ。

「ナ、ナンバーワンってことです……お、おきれいですから……」

香水の甘い匂いが鼻腔(びこう)に流れこみ、急激に緊張感が高まっていく。

この状況で平常心を保っていられるはずがない。なにしろ、善春は童貞だ。まだ、キスすら経験がないのだ。それなのに美久の顔が目の前に迫り、今にも鼻の頭が触れそうになっている。

「ふふっ、かわいい。キミ、お名前は」

年上の美しい女性にかわいいと言われて、ますます緊張してしまう。善春は頬(ほお)

の筋肉をこわばらせながら名前を告げた。

「善春くんね。じゃあ、ハルくんって呼ぼうかな」

美久は一気に距離をつめるが、不思議といやな感じはしない。むしろ、こんなことはめったにないので浮かれていた。

「ねえ、ハルくん」

「は、はいっ」

善春は目を合わせることができないまま返事をする。

そのとき、スーツ姿の男がマンションから現れた。年は三十代なかばといったところだろうか。プロレスラーかと思うほどの巨体に圧倒される。善春は無意識うちにあとずさりした。

「知り合いですか」

男は低い声で言うと善春をギロリとにらみ、美久に視線を向けた。

「今、知り合ったのよ。文句あるかしら」

美久が顎を軽く跳ねあげる。大男を前にしても、まったく怯まなかった。

「いえ……」

男は低い声で言うと、トラックの荷台に歩み寄る。

どうやら、この大男が引っ越しの荷物を運んでいるらしい。しかし、スーツ姿というのは不自然だ。なにより、目つきがやけに鋭い。どう見ても引越業者ではなかった。

「帰っていいわ」

突然、美久が言い放つ。すると、男が動きをとめて振り返った。

「あとひとつです」

「聞こえなかったの。帰れって言ってるのよ」

そんな言いかたをしたら、男が怒り出すのではないか。善春はひやひやしながらふたりのやりとりを見ていた。

「わかりました」

男は無表情のまま頭をさげる。

ふたりの関係はまったくわからない。とにかく、男は美久に頭があがらないようだ。

「それはハルくんに運んでもらうわ」

美久は勝手に決めると善春に視線を送る。すると、大男は無言でトラックの運転席に向かって歩きはじめた。

「竜二（りゅうじ）、待ちなさい」

そのとき、美久が男を呼びとめた。

「あの人によけいなことを言わないでね」

「はい……」

竜二と呼ばれた男は短く返事をして、トラックの運転席に乗りこんだ。

（あんなごつい男を顎で使うなんて……）

善春は思わず固まってしまう。

いったい、美久は何者なのだろうか。美人なだけに、なおさら恐ろしくなってしまう。竜二のやりとりを目にして、善春はすっかり畏縮（いしゅく）していた。

「ハルくん、お願いね」

一転して美久が微笑を向ける。しかし、魅惑的な美貌（びぼう）の裏には、別の顔が隠されている気がしてならない。

「行くわよ。ついてきて」

「は、はい」

断ることなどできるはずがない。善春はわけがわからないまま、慌ててトラックの荷台に駆け寄り、残っていた段ボール箱を両手で抱えた。

2

「ここに置きますね」

善春は701号室の玄関に立っている。

自分の部屋がある二階を通過して、美久といっしょに七階まであがった。このマンションには長く住んでいるが、入居者の部屋に入ることはほとんどない。ましてやラグジュアリールームとなると数えるほどしかなかった。

「こっちに運んで」

すでにハイヒールを脱いでいる美久は、廊下を歩きながら当たり前のように言い放つ。出会ったばかりの善春をなんだと思っているのか、こちらを振り返りもしなかった。

「あ、あの……あがるのはちょっと……」

躊躇(ちゅうちょ)して声をかけるが、美久は奥のドアを開いてリビングに入ってしまう。

これまで女性の部屋にあがった経験はない。大学に女友達がいないわけではないが、部屋に招かれたことはなかった。

（困ったな……）

荷物を置いて立ち去るのも悪い気がする。

善春はただの学生だが、管理人である兄嫁の身内だ。土地柄、危ない雰囲気の人もいるせいなのか、ふだんから入居者とかかわらないように言われている。だが、失礼があってはならないという意識も働いていた。

（ねえさん、荷物は運んだほうがいいよね）

脳裏に兄嫁の顔を思い浮かべて問いかける。

もちろん、答えは聞けない。だからといって、逐一、兄嫁に確認を取るのも違う気がする。こういう場合、自分で判断して行動するしかなかった。

「し、失礼します」

意を決してスニーカーを脱ぐ。そして、念のため声をかけてから、遠慮がちに廊下を進んでいく。

リビングに足を踏み入れると、美久はソファにゆったり腰かけていた。

二十畳の広い室内は、すでに家具がきれいに配置されている。朝から引越作業をしていたのかもしれない。しかし、美久が力仕事をするとは思えない。おそらく、あの大男がひとりで行ったのではないか。

壁に八十五インチの液晶テレビが設置されており、家具はロココ調のアンティークでそろえられている。三人がけのソファにローテーブル、サイドボードやキャビネットなど、どれも高価そうな物ばかりだ。

「荷物、ここでいいですか」

善春はリビングの入口で声をかける。

なにしろ女性の部屋だ。興味はあるが、あまり見てはいけない気がする。長居するべきではないと思った。

「ここよ。持ってきて」

美久はにっこり笑って手招きする。

見ず知らずの男なのに、気にならないのだろうか。善春は困惑しながらも言われるまま段ボール箱をソファの前まで運んだ。

「では、これで……」

「ゆっくりしていきなさいよ」

すぐに立ち去ろうとするが、美久は自分の隣をポンポンと軽くたたいて座るようにうながした。

「でも……」

「怖がらなくてもいいじゃない」

誘いを断ると気を悪くするかもしれない。善春は緊張しながら、彼女の隣に腰をおろした。

「喉が渇いたわね」

美久はそう言って、ローテーブルに置いてるボトルに手を伸ばす。そして、ふたつ並んでいるクリスタルのグラスに注いだ。

「ブランデー、飲めるでしょう」

「す、少しなら……」

本当はあまり強くないが、この雰囲気では飲むしかない。善春は勧められるまま、グラスを手に取った。

「じゃあ、出会いに乾杯」

「か、乾杯……」

おずおずと、グラスを合わせる。

美久はぽってりした唇をグラスにつけて、ブランデーをひと口飲む。そして、うながすような視線を善春に向ける。

「い、いただきます」

飲まないわけにはいかない。ブランデーを口に含んで喉に流しこむと、カッと焼けるように熱くなった。

「レミーマルタンのVSOPよ。いけるでしょ」

「は、はい……おいしいです」

むせそうになるのをこらえながら、無理をしてもうひと口飲む。またしても喉が熱くなり、食道から胃にかけてが燃えあがった。

「このマンションのこと、いろいろ教えてほしいの。管理人さんの弟なら、詳しいでしょう」

「俺はここに住んでいるだけなので……すみません、よくわからないんです」

善春はそう言って頭をさげた。

確かに兄嫁は管理人だが、善春はいっさい手伝いをしていない。住みこみの管理人助手がいるので、なにもやることがなかった。

「それでも、ここに住んでるんだから、知っていることがあるでしょ。ほら、こここってワケありな人が多いらしいじゃない」

美久が興味津々といった感じで尋ねる。

確かに入居者は柄の悪い人もいるが、それは土地柄のせいではないか。なにしろ、日本一の歓楽街である歌舞伎町がすぐ近くだ。強面の人が多くなるのも仕方のないことだと思っていた。

「本職の人もいるんでしょう」

「本職ってなんですか」

「組関係の人よ。いるのよね」

「どうなんでしょう。俺、本当によくわからないんで……」

善春はなんとかごまかそうとする。ところが、美久は話題を変えようとしなかった。

「噂で聞いたの。ここにはいろんな組の人が住んでいるらしいじゃない。でも、そもそも暴力団組員は賃貸物件に入居できないはずなのよね。入居の審査が甘いのかしら」

これから住むと思うと、ほかの住人のことが気になるのだろうか。美久は矢継ぎ早に話しつづける。

「さ、さあ……」

「違う組の人がいるのに、どうして抗争とか起きないの」

「すみません。本当に知らないんです」

善春はひたすら頭をさげつづける。

このマンションは確かに疑問もあるが、詳しいことはなにも聞いていない。善春はなにも教えられていなかった。

「なんにも知らないのね」

美久は呆れたようにつぶやき、小さく息を吐き出して脚を組んだ。

タイトなワンピースの裾がずりあがり、網タイツに包まれた太腿が大胆に露出する。網タイツが太腿の表面に軽くめりこんでいる。柔らかそうな肉がプニッと盛りあがっているのが艶めかしい。

(お、俺、なにをやってるんだ……)

ふと我に返った。

引っ越してきたばかりの女性の部屋で、なぜか脚を見つめている。まずいことをしている気がして、焦りがこみあげた。

「まあ、いいわ。飲みなさい」

美久は気を取り直したように言うと、グラスにブランデーを注いだ。

「もう、これ以上は……」

もともと酒は弱いが、今日はとくに酔いがまわるのが早い。これ以上は危険な気がした。

「わたしのお酒が飲めないの」

美久の口調が変わった。気を悪くしたのかもしれない。

「い、いただきます……」

善春はもうひと口だけ、がんばってブランデーを飲んだ。

「飲めるじゃない」

とたんに美久の機嫌が直る。とりあえず、ほっとするが、頭のなかがグルグルまわっていた。

「ねえ、荷物を運んでくれないかしら」

美久が先ほどの段ボール箱に視線を向ける。

善春もつられて箱を見やるが、視界がぐんにゃり歪(ゆが)んでいた。自覚している以上に酔っているらしい。すぐに帰るべきだと思うが、美久に命じられると断りづらい雰囲気があった。

「ど、どこに運べば……」

呂律(ろれつ)も怪しくなっている。

立ちあがると足もとがふらつき、慌てて踏ん張った。やはり危ない。運んだらすぐに帰るつもりで段ボール箱を持ちあげた。

「こっちよ」

美久も立ちあがり、軽やかな足取りでリビングから出ていく。善春はおぼつかない足取りで彼女を追った。

廊下が波打つように揺れている。そう感じるほど酔っていた。

前を歩く美久が、ドアを開けて手招きする。そして、部屋のなかに入っていくのが見えた。善春もつづくと、そこは寝室だった。

白いダブルベッドが部屋の中央に置いてある。サイドテーブルのスタンドだけが灯(とも)っており、室内をぼんやり照らしていた。なにやら妖(あや)しげな雰囲気で、酔っていてもまずいと思う。

(は、早く、出ないと……)

心のなかでつぶやいて、美久の姿を探す。

壁ぎわに鏡台があり、その前の椅子(いす)に美久は座っていた。鏡台には化粧品や香水の瓶がたくさん並んでいた。

「そこに置いてくれるかしら」

美久がベッドの前の床を指さす。

（あれ……こんなに重かったかな）

急に段ボール箱が重くなったように感じる。

なにかがおかしい。なんとか床におろすが、バランスを崩してしまう。耐えようとするが、目がまわって脚の踏ん張りが利かない。結局、尻餅をつくような感じでベッドに座っていた。

「あらあら、飲みすぎちゃったのかしら」

美久が立ちあがり、目の前にゆっくり迫る。

「す、すみません……」

立ちあがろうとするが、それより早く美久に肩を軽く押される。まったく耐えられず、善春はあっさりベッドの上で仰向けになった。

3

「慌てて帰らなくてもいいでしょう。少し休んでいきなさい」

美久の声が遠くに聞こえた。

善春はベッドで仰向けになったまま、顔を横に向ける。すると、なぜか美久がワンピースと網タイツを脱いで、下着姿になっていた。

黒いレースのブラジャーとパンティだ。乳房はたっぷりしており、カップからこぼれそうになっている。白い谷間が気になって仕方がない。パンティは布地の面積がやけに小さく、サイドが紐になっている。見事な女体をより魅惑的に彩るセクシーなランジェリーだ。

「なっ……」

善春は思わず両目を見開いた。

からかうにしても度がすぎている。万が一、こんなところを誰かに見られたら誤解されてしまう。

(や、やばいぞ……)

脳裏に浮かんだのは兄嫁の顔だ。

入居者の部屋に入っただけでも注意されると思う。そのうえ、こんな状況に陥ったと知られたら叱られるのは間違いない。

ところが、善春の心情など気にすることなく、美久は妖艶な笑みを浮かべながらベッドにあがる。マットレスがギシッと軋んで、微かな振動が伝わった。善春の心臓はバクバクと激しく音を立てた。

「な、なにを……」

まともに言葉を発することができない。

意識はあるのにぼんやりしている。頭のなかに薄い靄が立ちこめたような状態で、夢なのか現実なのかわからない。

（ど、どうなってるんだ……）

不思議に思っている間にも、体から力がどんどん抜けていく。手足に力をこめるが、まったく動かなくなっていた。

「動けないでしょう。おクスリが効いたみたいね」

美久が善春に覆いかぶさる。体の上で四つん這いになり、すぐ近くから顔を見つめていた。

（クスリって、いったい……）

不安になるが、声を出すことはできない。善春は仰向けの状態で、懸命に目で訴えかけた。

「ブランデーにおクスリをまぜておいたの。でも、心配しなくても大丈夫よ。常習性はないから」

疑問に答えるように言うと、美久は楽しげに笑う。

やけに酔いのまわりが早いのでおかしいと思ったが、まさかクスリを使われていたとは驚きだ。常習性がないとはいえ、体の自由を奪うクスリなど、怪しいものに違いない。

「普通は男が女に使うんだけどね。ほら、危ないやつが、狙ってる女にクスリを盛ることあるでしょう。あれよ」

美久は恐ろしいことを楽しげに語る。

こういうことに慣れているのか、うしろめたさがいっさい感じられない。むしろ嬉々とした表情で善春を見おろしていた。

(どうして、そんなものを……)

胸のうちで、不安がふくれあがる。

普通の人が、そんなクスリを持っているはずがない。美久は元キャバクラ嬢だと言っていたが、その関係で危ない人とかかわりがあるのではないか。とにかく危険な香りがプンプンする。

それにしても、なにが目的なのだろうか。

美久とは初対面だ。いや、善春が忘れているだけで、どこかで会ったことがあるのだろうか。まったく身に覚えはないが、自分でも気づかないうちに恨みを買っていた可能性もある。

(俺がなにかしたんですか。それなら、謝りますから……)

恐ろしくなって謝罪しようとする。しかし、小さな呻き声が漏れるだけで、言葉にはならない。

「怖がらなくても大丈夫よ。ちょっと遊ばせてもらうだけだから」

美久は唇の端を微かにつりあげると、またがっている位置を下にずらす。そして、善春のベルトを緩めて、ジーパンのボタンをはずした。

(な、なにをしてるんですか)

懸命に首を左右に振るが、実際にはほとんど動いていない。微かに揺れただけで、まったく抵抗になっていなかった。

「不安そうな顔しちゃって」

美久は楽しげに笑っている。

その笑顔を目にして、善春はますます不安になってくる。出会ったばかりの女性に、体の自由を奪われているのだ。

美久はファスナーをおろすと、ジーパンを一気に膝まで引きさげた。

グレーのボクサーブリーフが露になり、落ち着かない気分になってしまう。こんな状況でも、女性に下着姿を見られるのは恥ずかしい。すると、今度はボクサーブリーフをまくりおろされた。

(や、やめてくださいっ)

心のなかで叫ぶが、ペニスは剝き出しになってしまう。

萎えて小さく縮こまっている男根がまる見えになっている。女性の前でペニスをさらすのは、これがはじめての経験だ。激烈な羞恥がこみあげて、顔が燃えるように熱くなった。

「見えちゃった。ハルくんのオチ×チン」

美久は歌うような調子で言うと、股間をまじまじとのぞきこむ。顔を寄せることで、熱い吐息が男根に吹きかかった。

(み、見ないでください)

じっくり観察されるのが恥ずかしい。

股間を隠したくても身動きできず、薄笑いを浮かべた美久の視線にさらされつづける。童貞の善春にとっては耐えがたい羞恥だ。懸命に身をよじろうとするが、無駄な努力だった。

「さっきのおクスリだけど、体は動かなくなるけど、感度は変わらないの。だから、ちゃんとオチ×チンは大きくなるのよね」

美久が楽しげにつぶやく。

いったい、なにを言っているのだろうか。善春が怪訝な目を向けると、美久はふふっと笑った。

「信じてないでしょう。それなら、試してみようか」

そう言うなり、細い指を柔らかい竿に巻きつける。そして、ゆるゆるとしごきはじめた。

（うっ……）

とたんに甘い刺激が湧き起こる。

自分以外の人がペニスに触れるのは、これがはじめてだ。ほんの少し擦られただけで、全身の血液が股間に流れこんでくるのがわかる。怪しいクスリで体は動かなくても、感度はまったく衰えていなかった。

（ダ、ダメだ。大きくなるなっ）

心のなかで懸命に念じるが、意志の力ではどうにもならない。

未知の刺激に流されて、ペニスは瞬く間に硬くなる。竿が太さを増して反り返り、亀頭もパンパンに張りつめた。

「ほら、もうこんなになったわ」

美久がうれしそうな声をあげる。

硬くなった竿に指を滑らせて、さらなる刺激を送りこむ。すると、甘い刺激がふくれあがり、はっきりした快感に成長した。

(な、なにを……や、やめてください)

善春は困惑して、胸のうちで訴える。

しかし、自分の指とは比べものにならないほど気持ちいい。ペニスはこれ以上ないほど勃起して、先端がしっとり濡れているのが見なくてもわかる。我慢汁が溢(あふ)れているのは間違いない。

「先っぽ、濡れてるわよ。気持ちいいのね」

美久がささやきながら手を動かす。

右手の指を太幹に巻きつけて、ペニスをゆったりしごいている。溢れた我慢汁が指に付着するが、気にすることなくスライドさせていた。

(そ、そんなにされたら……)

善春は心のなかで訴える。

このままだと、すぐに射精してしまう。快感はどんどん大きくなり、我慢汁がとまらなくなっていた。

「ピクピクしてるじゃない」

美久がつぶやき、手の動きを少し緩める。

快感がいくらか小さくなり、暴発の危険が遠ざかった。しかし、代わりに焦らされているような感覚が押し寄せる。スローペースで肉棒をしごかれて、中途半端な快感だけを与えられた。

「すぐにはイカせないわよ」

美久は達しないように調節しながら、ペニスを擦りつづける。あくまでもゆったりした動きで、善春を嬲ることを楽しんでいるようだ。

「ううっ……」

欲望だけがふくれあがっていく。声を出そうとしても、すべて情けない呻き声になってしまう。

（そ、そんな……くううッ）

無意識のうちに腰をよじる。とはいえ、実際にはほとんど動かず、ほんの少し体が揺れただけだ。

まともに話すことができたら、こらえきれずに絶頂をおねだりしていたかもしれない。それを考えると、意味のある言葉を発することができず、よかった気もする。しかし、早くも欲望は限界近くまで膨張していた。

「せつなそうな顔して、どうしたの」

美久は目を輝かせて善春の顔を見つめている。

この異常な状況を心の底から楽しんでいるらしい。善春の気持ちをわかっているのに、わざと質問しているのだ。その証拠に、美久は唇の端をつりあげて、凄艶な笑みを浮かべていた。

(も、もう、無理です……うううッ)

我慢汁がとまらなくなっている。

尿道口から染み出した透明な汁は、亀頭だけではなく竿まで濡らす。彼女の指にも付着するが、構うことなく擦られる。ヌルリッ、ヌルリッと滑る感覚がたまらない。ゆったりした動きでも、快感が爆発的にふくれあがった。

「うッ……ううッ」

これ以上は耐えられない。女性に触れられるのもはじめてなのに、ねちっこい手つきが強烈な快感を生み出している。

「お汁がたくさん溢れてるわ。ああっ、わたしの手で感じてるのね」

美久がうっとりした声でつぶやく。

その声が鼓膜を振動させるのも射精欲を煽り立てる。快感が急激に高まり、全身が小刻みに震え出す。

「ううッ……ううッ」

呻き声が漏れて、動かないはずの体が勝手に仰け反った。

「えっ、なに……ちょっと待って」

美久の慌てた声が聞こえる。その直後、凄まじい快感が突き抜けて、彼女の手のなかでペニスが思いきり脈動した。

「くうううッ！」

たまらず呻き声が溢れ出す。ザーメンが尿道を駆けあがり、それと同時に快感が爆発する。精液が勢いよく噴きあがり、白い放物線を描いて自分の胸から腹にかけて着弾した。

「なに勝手にイッてるのよ」

美久は不機嫌そうに言いながら、それでも握ったペニスを放さない。脈動に合わせてしごくことで、快感が二倍にも三倍にもふくれあがった。

（す、すごい……）

善春は体を仰け反らせたまま、快楽に浸っていた。

大量の精液を解き放つと同時に、全身の毛穴が開いて汗が噴き出している。人の手で射精するのが、これほど気持ちいいとは知らなかった。

ようやく絶頂の波が鎮まり、硬直していた体から力が抜ける。わけがわからないままペニスをしごかれて、あっという間に昇りつめてしまった。善春は呼吸を乱しながら、ぼんやり天井を見あげていた。

「これだけでイッちゃうなんて、ずいぶん敏感なのね」

美久が呆れたようにつぶやく。

先ほどは不機嫌だったが、なぜか今はやさしげな笑みを浮かべている。自分の指に付着した精液をティッシュペーパーで拭き取り、善春の胸と腹もきれいにしてくれた。

「ハルくん、あなた童貞でしょ」

図星を指されてドキリとする。善春が思わず視線をそらすと、美久は楽しげにふふっと笑った。

「当たりみたいね。そうかそうか、ハルくんは童貞なんだ。それなら、すぐにイッちゃっても仕方ないよね」

からかっているのか、それとも慰めているのかわからない。とにかく、童貞だとバレたのが恥ずかしい。逃げ出したい衝動に駆られるが、相変わらず体は動かなかった。

4

「お姉さんがはじめの女になってあげる」

美久はいったん立ちあがると、両手を背中にまわしてブラジャーのホックをはずす。とたんにカップを弾き飛ばして、張りのある乳房がプルルンッと勢いよくまろび出た。

(おおっ……)

善春は思わず心のなかで唸った。

まるで新鮮なメロンを思わせる美乳が、すぐそこで波打っている。白い肌が描く優美な曲線の頂点では、濃いピンク色の乳首が揺れていた。

女性の乳房をナマで見るのはこれがはじめてだ。こんなときだというのに、視線は乳房に釘づけになってしまう。

「そんなに見られたら、わたしも興奮しちゃうわ」

美久は呼吸をわずかに乱しながら、ほっそりした指でパンティをおろしはじめる。恥丘が少しずつ露になり、楕円形に整えられた漆黒の陰毛がふわっと溢れ出した。

（おっ、おおっ……）

善春の目はますます惹きつけられる。

ついに美久はパンティを左右のつま先から抜き取り、生まれたままの姿になった。スタンドの明かりを受けて、白くてなめらかな肌が眩く輝いている。むしゃぶりつきたくなるような見事な裸体だ。

「気持ちいいこと、教えてあげる」

美久は口もとに妖艶な笑みを浮かべて、再びベッドにあがる。そして、善春の股間にまたがった。

両足の裏をシーツにつけた騎乗位の体勢だ。両手を背後につき、身体を少しうしろに傾けることで股間を突き出す格好になる。彼女の秘めたる部分がスタンドの淡い光に照らし出された。

（こ、これが……）

善春は思わず両目をカッと見開く。

美久の陰唇がはっきり見える。肉厚でぽってりしており、少しくすんだ赤色が生々しい。割れ目から透明な汁がジクジク湧き出しているのは、彼女が興奮している証拠ではないか。

「よく見て……ここにキミのオチ×チンが入るのよ」

どうやら、わざと見せつけているらしい。美久は股間を突き出した格好で、挑発するように腰を左右に揺らした。

「ああっ、視線が熱いわ。興奮しちゃう」

からかっているのではなく、自分自身が興奮するためにやっているらしい。陰唇の合わせ目から、新たな汁がどんどん溢れ出していた。

（こ、ここに、俺のチ×ポが……）

想像するだけで、善春も昂ってくる。

かつてこれほど興奮したことはない。射精した直後なのに、ペニスはこれでもかとそそり勃っていた。

「すごいのね。セックスしたくてたまらないんでしょう」

美久は身体を反らしたまま、右手をペニスに伸ばす。ほっそりした指で太幹をつかみ、亀頭を自分の股間に導いた。

「あンっ」

陰唇に触れた瞬間、裸体に震えが走り抜ける。そして、腰をゆっくり押しつけることで、亀頭が陰唇の狭間に呑みこまれた。

「あああッ、お、大きいっ」

「くううッ」

美久の喘ぎ声と善春の呻き声が重なった。

女体をそらして股間を突き出す騎乗位なので、結合部分がまる見えになっている。すでに亀頭は完全に埋没しており、二枚の陰唇が左右からカリ首に密着していた。

(す、すごい……ううッ)

まだ先端が入っただけだが、膣の熱気をムンムン感じる。カリ首を締めつけられるのも気持ちいい。気を抜くと瞬く間に暴発しそうで、慌てて尻の筋肉に力をこめた。

「いくわよ……はああンっ」

美久がさらに股間を押しつけて、長大な肉棒がすべて女の壺に入っていく。ついに根もとまですべて埋まり、ふたりは深い場所でつながった。

（セ、セックスしてるんだ……）

そう思うだけで、強烈な悦びと凄まじい快感が押し寄せる。

まさか、こんな形で童貞を卒業するとは思いもしない。相手はよく知らない女性だが、そんなことよりセックスできた興奮のほうが大きい。熱い媚肉に包まれて、ペニスも歓喜に震えていた。

「あぁンっ、たまらない」

美久は喘ぎまじりにつぶやき、反らしていた身体を起こす。そして、両手を善春の腹に置いて、さっそく腰を上下に振りはじめた。

「あっ……あっ……いい、いいわ」

両膝を立てた騎乗位で、美久はうっとりした表情を浮かべる。ゆったりした動きで、そそり勃つ肉棒の感触を堪能していた。

「ああっ……ハルくんも気持ちいいでしょ」

美久が喘ぎまじりに尋ねる。腰を振りながら善春の服をまくりあげると、両手の指先で乳首をいじりはじめた。

「ううッ……き、気持ちいいです」

思わず快楽にまみれた声が漏れる。

どうやら、クスリの効果が切れかかっているらしい。先ほどまでしゃべれなかったのに、意味のある言葉が自然と漏れた。体も多少は動かせる。だが、拒絶する気はない。この快楽を手放すことなど考えられないのだ。

「もっと気持ちよくしてあげる」

美久の腰の動きが激しくなる。尻を上下に弾ませて、ペニスが女壺にヌプヌプと出入りをくり返す。膣道全体の締まりも強くなり、快感がどんどん大きくなってくる。

「くううッ、す、すごいですっ」

「ああッ、わたしも、いいっ……あああッ」

美久の艶めかしい喘ぎ声が寝室に響きわたる。

尻を強く打ちおろすことで、亀頭が膣の深い場所まで入りこむ。そして、尻を持ちあげると、カリが膣壁を擦りあげた。

「はあッ、い、いいっ、ゴリゴリして気持ちいいのっ」

「ううッ、お、俺も……ううッ、気持ちいいですっ」

善春もこらえきれない快楽の呻きを漏らす。

先ほど射精していなければ、とっくに暴発していただろう。それくらいの悦楽が股間から全身にひろがっている。女壺のなかで我慢汁がとまらなくなり、腰がガクガク震えていた。

「も、もう、ううぅッ、もうダメですっ」

これ以上は我慢できない。射精欲が限界までふくれあがり、今にも爆発しそうになっている。

「我慢しなくていいのよ、あああッ」

美久が喘ぎながら答える。

腰の振りかたがいっそう激しさを増してくる。尻をリズミカルに弾ませて、ペニスを高速で出し入れした。

「ううぅッ、気持ちいいっ」

「あああッ、あああッ、いいわ、出してっ、いっぱい出してっ」

その声がきっかけとなり、ついに最後の瞬間が訪れる。絶頂の大波が轟音(ごうおん)とともに押し寄せて、あっという間に善春の全身を呑みこんだ。

「くううぅッ、で、出るっ、出ますっ、くおおおおおおおッ！」

雄叫(おたけ)びとともに腰が跳ねあがる。ペニスを深い場所まで突きこみ、思いきり精液を放出した。

「ああああッ、い、いいっ、はああああああッ！」

美久も感きわまったような声を振りまく。熱いザーメンを膣奥で受けとめた衝撃で、女体が大きく仰け反った。

射精中のペニスが締めつけられて、快感がさらに大きくなる。絶頂は長くつづき、善春の全身は延々と痙攣した。精液を一滴残らず吐き出して、ようやく絶頂の大きなうねりが収束に向かう。

（す、すごい……こんなに気持ちいいんだ）

頭のなかがまっ白になっている。

セックスでの射精は、自分でしごくのとは比べものにならない快楽だ。熱い媚肉がもたらす愉悦に酔いしれて、身も心も蕩けきっていた。

5

セックスで絶頂に達すると、美久はあっさり善春を解放した。

もしかしたら、ただセックスがしたかっただけなのかもしれない。そこにたまたま善春が通りかかって、声をかけたのではないか。よくわからないが、そんな気がした。

とにかく、善春は身なりを整えると701号室をあとにする。

絶頂が冷めるにつれて、胸に不安がこみあげた。クスリを盛られて抗えなかったとはいえ、セックスしてしまった。美久はどこか危険な香りがする。まずいことをしたという気持ちがひろがっていた。

（もう、かかわらないほうが……）

そんなことを考えながら、エレベーターホールに向かう。

頭がクラクラするのは、クスリを飲まされた影響かもしれない。ボタンを押してエレベーターが到着するのを待つ間、目を閉じて指先で眉間を押したり、摘まんだりをくり返した。

やがてエレベーターが到着して、チンッという音が響く。さっそく乗りこもうとしたとき、誰かが乗っていることに気がついた。

「あっ……ね、ねえさん」

善春は思わず頬の筋肉をひきつらせる。

兄嫁の蔵間香澄と管理人助手の猪生五郎が、エレベーターから降りて善春の前に立った。

香澄は白いフレアスカートに白いブラウス、その上に淡いピンクのカーディガンを羽織っている。艶(つや)やかな黒髪を背中に垂らして、澄ました顔で善春をまっすぐ見つめた。

(お、俺、どうして……)

香澄を前にしたとたん、後悔の念がこみあげる。

好きでもない女性とセックスしてしまった。今さらながら、童貞は本当に好きな人に捧げたかったと胸が苦しくなった。

じつは、兄嫁に片想いをしている。

いつからなのか、自分でもわからない。幼いころに両親を亡くして、兄夫婦に育てられたことが関係しているのだと思う。

あれは十二年前、善春が八歳のときだ。

突然、母親を交通事故で亡くした。父親はすでに心臓の病で他界しており、母子家庭だった。

もともと生活は苦しかったが、母親がパートをかけもちして必死に養ってくれた。だから、母子家庭でも淋(さび)しいと感じたことはなかった。母親とふたりの生活でも幸せに暮らしていた。しかし、母親を亡くして、ひとりになった。はじめて不安になり、途方に暮れた。

ひとり残された善春は、ひとまわり年上の兄、貞幸に引き取られた。とはいっても、兄に会うのはこのときがはじめてだった。当時、自分に兄がいたことさえ知らなかった。

亡くなった父親には離婚歴があったらしい。兄の貞幸は、前妻との間にできた子供だった。そして、再婚した妻との間に善春が生まれたが、父親は病気で亡くなった。

つまり、善春と貞幸は腹違いの兄弟ということになる。

もともと親戚とのつき合いはなく、幼かった善春が頼れるのは、存在さえ知らなかった兄だけになってしまった。

貞幸はこのマンションの管理人をしていた。基本的に無口で、いつも近寄りがたい雰囲気を纏っていた。会話が弾んだことは一度もないが、少なくとも善春を迷惑がっている感じはしなかった。

一方、兄嫁の香澄は、善春のことを哀れに思ったのか親身になって接してくれた。そんなやさしい兄嫁に惹かれるのは自然なことだった。

香澄に対する気持ちは、いつしか恋心に変化した。それを自覚したことで想いは加速して、今では好きで好きでたまらなくなっていた。香澄は三十歳で、善春とは十歳離れている。だが、年齢など関係ない。惹かれる気持ちは抑えられなかった。

年齢より兄嫁ということのほうが問題だ。

血はつながっていないとはいえ、ふたりは義理の姉弟（きょうだい）だ。この熱い想いに気づかれたら、きっと香澄に避けられてしまう。だから、善春はずっと自分の気持ちを押し隠していた。

（でも、もう……）

兄は四年前に不慮の事故で他界している。

香澄は二十六歳という若さで未亡人になってしまった。以来、マンションの管理人の仕事を引き継ぎ、悲しみをごまかすように没頭している。確認したわけではないが、男の影を感じたことはなかった。

それなら善春が好きになっても構わないのではないか。

そう思うが、香澄は善春のことを弟としか見ていないと思う。義理とはいえ姉弟だ。叶（かな）わぬ恋だとわかっている。すぐ近くにいる兄嫁を好きになるのは、あまりにも残酷で不幸なことだった。

「こんなところで、なにをしているの」

香澄の穏やかな声ではっと我に返る。

やさしげに見つめているが、訝るような雰囲気がある。二階に住んでいる善春が七階の廊下にいれば、不思議に思うのは当然のことだった。

香澄はかわいがっている三毛猫を抱き、指先で頭をそっと撫でている。

猫の名前はもともとユキだったが、兄が亡くなってから香澄は「貞幸さん」と呼ぶようになった。貞幸は兄の名前だ。やはり忘れられないのだと思うと、善春の胸はせつなく締めつけられる。

そんな善春の思いを知るはずもなく、貞幸さんは頭を撫でられて気持ちよさそうに目を細めていた。

「なにかヘンよ。問題でもあったの」

「べ、別に、なにも……」

善春はしどろもどろになってしまう。これでは、うしろめたいことがあると言っているようなものだ。

「隠すことないでしょう」

香澄は微かに首をかしげると、淋しげに睫毛を伏せる。そして、胸に抱いた三毛猫に頬を寄せた。

(ねえさん……ごめんなさい)

ひどく悪いことをしたような気持ちになり、心のなかで謝罪する。

善春が一方的に想っているだけで、香澄の恋愛対象には入っていない。ただ単に、善春が隠しごとをしているとわかり、それで悲しくなったのだと思う。しかし、本当のことなど言えるはずがなかった。

「善春さん」

唐突にそれまで黙っていた猪生が口を開いた。

厳めしい顔をしており、体もごつくてがっしりしている。身長は百九十センチを越えており、体重は百キロ以上あるだろうか。

黒のスラックスに黒のぴっちりしたTシャツを着ている。大胸筋がパンパンに張りつめており、腕は丸太のように太い。竜二もプロレスラーのようだったが、さらにひとまわり大きい。

年齢は知らないが、顔に刻まれた皺から想像するに、おそらく五十代ではないか。とにかく、普通の人なら目を合わせただけで逃げ出す、まるで仁王像のような容姿だ。

「本当のことを教えてください」

「は、はい」

善春は反射的に背すじを伸ばす。

猪生とは長いつき合いだ。善春が兄夫婦に引き取られたとき、すでに管理人助手として住みこみで働いていた。しかし、どうにも打ち解けない。挨拶くらいはするが、雑談を交わしたことはない。十二年間、毎日顔を合わせているのに、必要最低限のことしか話さなかった。

猪生には人を寄せつけない雰囲気がある。実際、香澄以外には心を開いていないようだった。

「701号室に入りましたね」

猪生は決して声を荒らげないが、抑えた声がかえって迫力を生む。善春はごまかすことができず、こわばった顔でうなずいた。

すると、猪生は無言でポケットからマスターキーを取り出した。

このマンションのドアはセキュリティを重視して、すべてオートロックになっている。善春が廊下に出た時点で、自動的に鍵かかかっていた。猪生はインターホンも鳴らさず、いきなりマスターキーを使って解錠すると、７０１号室のドアを開け放った。

「おい……」

なかに向かって野太い声で呼びかける。

とんでもない暴挙に見えるが、このマンションには特殊な規約がある。基本的にみんな規約を守っているので問題はない。しかし、入居したばかりの美久は、まだここでのしきたりを理解していなかった。

「ちょっと、なに。勝手に開けないでよ」

美久が不機嫌さを隠すことなく現れる。

裸体に黒いレースのガウンを羽織っただけの格好だ。生地が思いきり透けており、乳房のまるみはもちろん、濃いピンク色の乳首もはっきりわかる。股間に視線を向ければ、漆黒の陰毛も確認できた。

煽情的な姿の美女を前にしても、猪生は眉ひとつ動かすことはない。厳めしい顔には、まるで変化がなかった。

「彼にちょっかい出すのはやめておけ」

抑揚のない声で忠告する。

「どうして、そんなことあんたに――」

美久は反論しかけるが、途中で言葉を呑みこんだ。

猪生の迫力に気圧されたのだろうか。いや、美久の視線は猪生ではなく香澄に向いている。

いつの間にか善春の前に移動したため、香澄の顔は確認できない。しかし、美久が善春にかかわったことで、怒っているのは間違いなかった。

「な、なによ……ちょっと荷物を運んでもらっただけでしょ」

美久の声は一転して弱々しくなっている。懸命に猪生と香澄をにらみ返すが、まったく迫力がなかった。

「事前にお伝えしたはずです。ほかの住人には、できるだけかかわらないようにと。ほかの住人には、管理人の家族も含まれます」

香澄の声はきっぱりしている。例外はいっさい認めないという厳しい雰囲気が言葉から伝わった。

「もし、今後も規約を破るようでしたら、そのときは――」

「う、うるさいわね。ちゃんと家賃は払ってるでしょ。放っておいてよ」

美久はそう言ってドアを勢いよく閉めた。

すかさず猪生がマスターキーを取り出す。そして、躊躇することなく再びドアに歩み寄った。

「五郎さん、その必要はありません」

香澄は穏やかな声で告げると、首を小さく左右に振る。すると、猪生はマスターキーをポケットに戻して頭を小さくさげた。

「善春くん……」

香澄がゆっくり振り返る。そして、善春の目をまっすぐ見つめた。

「なにがあったのか教えてください」

「だ、大学から帰ってきたら、ちょうど引っ越しをしていて……荷物を運ぶように頼まれて、そ、それで……」

ごまかすことはできないと思って、正直に打ち明ける。緊張のあまり声がかすれていた。

「引っ越しのお手伝いをしたのね。それで、お酒を勧められたのかしら」

どうやら、酒の臭(にお)いがしたらしい。善春は気まずかったが、素直にうなずいた。

「ちょっとだけ……」

クスリを盛られたことは黙っておく。それを話せば、襲われたことまで打ち明けなければならない。片想いをしている兄嫁に、セックスしたことは口が裂けても言えなかった。

「そう……わかったわ」

香澄は少し考えるような顔をすると、猪生に視線を送る。猪生は無言のまま小さくうなずいた。

「部屋に戻りましょう」

香澄にうながされて、エレベーターに乗りこんだ。善春が奥に立ち、目の前に香澄と猪生が並んで立った。

エレベーターが微かに揺れて、ゆっくり下降していく。

善春と香澄は二階に住んでいる。だが、同じ部屋ではない。もともと２０１号室が兄夫婦の部屋だった。そして、引き取られた善春は、最初から２０２号室を与えられた。

子供心に邪魔者なのかなと思った。しかし、食事のときは隣室に呼ばれて、香澄の手料理を毎日食べた。邪険に扱われることはなかった。単純に部屋が狭いから、隣の部屋に住むことになったのかもしれない。

そして、大学生になってからは自炊をするようになった。

本当はいっしょに食事を摂りたいが、兄嫁の対する気持ちを抑えられなくなりそうで怖かった。ふたりきりになると暴走してしまうかもしれない。だから、隣の部屋に行くことは、めったになくなった。

猪生は一階に住んでいる。管理人室の隣の部屋なので、なにかあったときはすぐに駆けつけることができるようになっていた。

このサンセットマンションには、なぜかワケありの人が多く住んでいる。美久にいろいろ聞かれたとき、なにも知らないふりをしたが、善春も昔からおかしいと思っていた。だが、兄が聞いてほしくなさそうだったので、深く追求しなかった。

(ねえさんも、それに五郎さんも……)

善春は前に立っている香澄と猪生に視線を向けた。

ふたりも詳しいことはなにも話してくれない。ただ入居者にはかかわるなと言われていた。

セキュリティが万全で、マンションに出入りする人は管理人室で常に監視されている。もちろんカメラで撮影もされており、怪しい人物は猪生がボディチェックすることもある。

エレベーターは部屋のキーに埋めこまれたチップがなければ動かないシステムで、自分の部屋がある階にしかとまらない。部屋は防音が完璧で、なかの会話を盗み聞くことは不可能だ。

危ない感じの人が多いのに、争いごとがまったくと言っていいほど起きないのも不思議だ。歌舞伎町を歩けば、殴り合いの現場に遭遇することもめずらしくない。だが、このマンションにはもっと柄の悪い連中が住んでいるのに、喧嘩などまず起きなかった。

それどころか、ゴミの分別や、廊下でタバコを吸わない、食べ歩きをしないなどのルールはしっかり守られている。そのため、築年数は古いが、マンション内はきれいに保たれていた。

（きっと、やばい連中に……）

考えられるのは、やはりひとつしかない。

おそらく、賃貸物件を借りられない暴力団関係者に、高い家賃で部屋を貸しているのではないか。要は裏社会の人間専用のマンションだ。どうしても諍いが多くなるため、厳しい規約を設けている。

子供のころはわからなかったが、今はそんなことを想像していた。

当たらずといえども遠からず、といった感じではないか。養ってもらっている手前、聞けなかったが、長く住んでいればわかることもある。香澄ひとりでは危ないが、猪生のような大男がいるので、なんとかなっているのだろう。

(こんなところじゃなくても……)

善春は思わず心のなかでつぶやいた。

香澄にはもっと安全なところで働いてもらいたい。こんな危ないマンションではなく、一般の人が入居している物件の管理人だってできるはずだ。もしかしたら、ここは特殊だから給料が高いのだろうか。

(きっと、俺がいるから……)

申しわけない気持ちが湧きあがる。

自分のせいで、よけいな金がかかっているのではないか。引き取っただけでも大変なのに、大学まで行かせてくれたのだ。アルバイトをしようと思ったこともあるが、それより勉強しなさいと香澄は言ってくれた。結局、生活費もすべて出してもらっている。

——わたしたちには子供がいないから。

それが香澄の口癖だった。

今でこそ言わなくなったが、善春が小さいときはよく言っていた。つまり、善春のことを自分たち夫婦の子供のように思っていたのだろう。

（もう、俺は子供じゃない……）

心のなかでつぶやくが、声に出すことはできない。

きっと香澄にとって、善春はいつまで経っても子供のままだ。よくても年の離れた弟といったところではないか。男として見てほしいが、そんなことを言っても相手にされないだろう。

ここまで養ってくれたことには感謝している。感謝しているが、香澄の恋愛対象に入れないのは淋しかった。

第二章　転がりこんだ女

1

翌日の土曜日――。

善春は自室のベッドで目を覚ました。

枕もとに置いてあるスマートフォンで時間を確認すると、すでに昼の十二時をまわっていた。

「ううんっ……」

ベッドで横になったまま、大きく伸びをする。

頭の芯（しん）が重い感じがするのは、昨日、美久に盛られたクスリの影響かもしれない。常習性はないと言っていたが、不安になる。一時的とはいえ自由を奪うのだから、体に悪い成分が入っているに違いない。

（でも、セックスできたから……）

そう思うしかなかった。

後悔の念がまったくないと言えば嘘になる。初体験の相手は好きでも嫌いでもない出会ったばかりの女性だった。それでも、今にして思うと童貞を卒業できたのはよかったのではないか。

本当に好きな女性は、おそらく一生振り向いてくれない。待っていても童貞を捧げるチャンスはなかったと思う。だから、昨日のようなことでもなければ、善春はずっと童貞だったはずだ。

（これでよかったんだ。きっと、これで……）

心のなかで自分に言い聞かせるようにつぶやく。

一抹の淋しさもあるが、気持ちよかったのも事実だ。セックスでの射精は、これまで経験したことにない快楽だった。

とにかく、昨日は思いがけず童貞を卒業して疲れはてた。

部屋に戻ると、シャワーを浴びる気力もなくベッドに倒れこんだ。夕飯も食べずに、そのまま眠りに落ちてしまった。

昨夜、美久の部屋を出たところで、香澄と猪生に遭遇したときは焦った。気まずさだけではなく、なにかいやな空気を感じた。マンションの規約を破った美久が、どうなってしまうのか気になった。

（やばい感じだったな……）

今、思い返しても冷や汗が出る。

香澄と猪生はなにやら視線を交わしていた。声にこそ出さなかったが、美久になんらかの処分をくだすのではないか。厳しい規約があるからこそ、このマンションの規律は保たれている。あれだけ反抗的な態度を取った美久を放っておくとは思えなかった。

（腹、減ったな……）

突然、猛烈な空腹感に襲われる。

昨夜も今朝も、なにも食べていないのだから当然だ。

ベッドから起きあがり、急いでシャワーを浴びてさっぱりする。それから買い置きのカップ麺で、とりあえず腹を満たした。

この感じだと、すぐに腹が減りそうだ。なにか食べ物を調達するため、コンビニに行くことにする。自炊したほうが安あがりなのはわかっているが、ついついコンビニですませてしまうことが多い。

部屋を出るとエレベーターで一階に降りる。

そのとき、ちょうど管理人室から猪生が現れた。手に箒を持っているので、廊下を掃除するつもりなのかもしれない。管理人室をチラリと見やるが、香澄の姿はなかった。

「こんちには」

善春はすかさず挨拶する。

ところが、猪生は会釈するだけで言葉を発しない。不機嫌そうに見えるが、いつもこういう感じだ。これが普通なので気にすることはない。

「そういえば、７０１号室の人、どうなりましたか」

さりげなさを装って尋ねる。

本当は気になって仕方ないが、セックスしたことは悟られたくない。あくまでも、ふと思い出したけど、という感じを演出したつもりだ。ところが、猪生はなにも言わず、善春の顔をじっと見つめる。

「べ、別に深い意味はありませんよ。ちょっと気になっただけで、とくに親しいわけではないです」

無言の圧力に耐えきれず、ついよけいなことを口走ってしまう。

人は嘘をついたり、隠しごとがあったりすると、落ち着かなくて口数が多くなる場合がある。今の自分がまさにその状況だ。

（しゃべったらダメだ……）

心のなかで自分に言い聞かせる。

口を開けばボロが出てしまう。このまま無言で立ち去ろうと、猪生の横を通り抜けようとする。

「彼女は重大な規約違反を犯しました」

抑揚のない声で猪生がつぶやく。

「当マンションの規約に則り、速やかに対処しました」

「対処って、なんですか」

思わず立ちどまって聞き返す。

すると、猪生の表情が変化した。ほんのわずかだが、めずらしく眉がピクッと動いたのだ。もしかしたら、動揺しているのかもしれない。ところが、すぐにいつもの無表情に戻った。

「速やかに退去していただきました」

猪生はなにごともなかったように言い直す。だが、先ほどは確かに「対処」と言っていた。

「もう、いないってことですか」

なにかいやな予感がして尋ねると、猪生は無言で静かにうなずいた。

あの美久がおとなしく従うとは思えない。昨夜も不機嫌さを露にして、猪生と香澄に食ってかかったのを見ている。気性の激しい美久が、素直に引っ越すとは妙だった。

「無理やり放り出したんじゃないですか」

「いえ、規約のことを説明したら、ご自分の意志で退去されました」

猪生の声は淡々としている。だが、なにかを隠している気がしてならない。先ほどの「対処」という言葉も心にひっかかっていた。

（まさか……）

恐ろしい想像が急速にふくらむ。

これまでも、その可能性をまったく考えなかったわけではない。退去者が出るたびに疑っては、恐ろしい想像を頭の片隅に追いやっていた。でも、美久は初体験の相手だ。追求せずにはいられない。

「み、美久さんは……い、生きてますよね」

思いきって尋ねる。すると、猪生はギロリとした目で善春の顔を見つめた。

「もちろんです」

やはり抑揚のない声だ。

猪生の顔から感情を読み取ることはできない。しかし、目の奥に常人とは異なる狂気の光が宿っている気がした。

(この目、あのときと同じだ……)

善春の脳裏に二年前の出来事がよみがえった。

あれは大学に入学したばかりのころだ。

善春はいつものように講義を受けて、自転車でマンションに戻った。そのとき地下駐車場の入口から、激しい物音と男たちの怒声が聞こえた。

なにごとかと思って地下駐車場に向かうと、十五人の男が倒れていた。血を流して呻いている者や、白目を剝いて動かない者もいる。周辺には鉄パイプやバットが転がっていた。

そして、惨状の中心に猪生と香澄の姿があった。ふたりは立ちつくして、男たちを見おろしていた。

「ど、どうしたんですか……」

「当マンションの治安を守っただけです」

善春の問いかけに、猪生は低い声で説明をはじめた。

ある暴力団が入居者の襲撃を企てて、地下駐車場から侵入を試みたという。警報が鳴ったことで、猪生と香澄が駆けつけた。そして、たった今、男たちをたたきのめしたところらしい。

香澄を守るために、猪生が仕方なくやったことだと思う。しかし、血まみれで倒れている男たちを見ると、過剰防衛としか思えない。いくらなんでも、これはやりすぎだ。

いつかこんなことが起きると思っていた。いや、もしかしたら、善春の知らないところで、似たようなことがあったのかもしれない。

「ね、ねえさん……け、怪我はないですか」

現場に居合わせた香澄のことが気になった。

困惑した感じで立ちつくしている。動揺しているのか顔をうつむかせて、目を合わせようとしなかった。

「驚かせて、ごめんなさい……大丈夫よ」

小さな声が返ってくる。

しかし、まったく大丈夫そうには見えない。おそらく、暴れる猪生の近くにいたのだろう。男たちの返り血を浴びており、白いブラウスがひどい状態になっていた。

「と、とにかく、救急車を呼ばないと……」

善春は震える手でポケットからスマホを取り出そうとする。すると、その手を猪生ががっしりつかんだ。

「心配無用です。自分が対処しておきます」

抑揚のない低い声だった。

いつにも増して迫力がある。なにより強烈な光を宿した目が恐ろしかった。善春はなにも言い返すことができず、小さく何度もうなずいた。

「善春さんは自分の部屋に戻ってください。あとは自分がやっておきます」

猪生にうながされるまま、善春は自室に戻った。

そのあと、どうなったのかはわからない。聞いてはいけない気がして、あの日のことは話題にすら出せなくなった。

あれだけの乱闘があったにもかかわらず、警察ざたにはなっていない。秘密裏に処理されたのは間違いない。だが、いったい猪生はどうやって、あの騒ぎを収束させたのだろうか。

重傷者が大勢いたのは間違いない。もしかしたら、死人も出ていたのではないか。それくらいの惨状だった。

(あのときも、対処するって言ってたけど……)

善春は二年前のことを思い出しながら、廊下の隅を箒で掃いている猪生を見つめた。

二年前、猪生は十五人の男たちをひとりで倒して、なおかつ何人かの遺体を処分したのかもしれない。そうだとすれば、美久ひとりを消すことなど、赤子の手をひねるようなものだろう。

「美久さんの連絡先はわかりますか」

恐るおそる尋ねる。とにかく、美久の安全を確認したかった。

「いえ……もう、二度と連絡は取れないでしょう」

猪生は低い声でつぶやき、善春に背を向けた。

それはすでに死んでいるという意味ではないか。猪生が言う「対処」とは、遺体を完全に消し去ることを指しているのではないか。恐ろしい想像ばかりがふくらんでいく。

このマンションの入居者は入れかわりが激しい。

そのことには気づいていたが、深くは考えなかった。しかし、今にして思うと規約違反を犯した者は、猪生に抹殺されているのではないか。美久が消えたことを考えると、そんな気がしてならなかった。

2

これ以上、猪生と話しても、美久の情報は得られそうにない。あきらめてコンビニに向かおうとする。

そのとき、マンションの正面に黒塗りのセダンが停車するのが、オートロックのガラスドアごしに見えた。

（なんだろう……）

なにかいやな予感がする。思わず足をとめると、猪生もなにかを察知したのか外に視線を向けた。

車の運転席と助手席から、スーツ姿のごつい男が降りる。ふたりはすばやく動いて後部座席のドアを開けると、五十代後半と思しき男が降り立った。

「なんか、やばそうな人ですよ」

善春は不安になり、思わずつぶやいた。

スーツを着た中肉中背の男だが、なにやら迫力がある。普通とは異なる雰囲気を纏っており、堅気ではないというのがひと目でわかった。

ふたりの男がガードするように両側を固めて、こちらに向かってゆっくり歩いてくる。インターホンのパネルの前を素通りすると、オートロックのガラスドアの前に立った。

男は猪生に向かって目で合図をする。

すると、猪生は無言のままガラスドアに向かった。知り合いなのか、まったく動じていない。しかし、ガラスドアが開くと、まるで侵入を拒むように、男たちの前に立ちはだかった。

「どのようなご用件でしょうか」

「管理人に話がある」

中央の男が穏やかな声で告げる。

「アポイントメントは取っていますか」

猪生の声は淡々としている。凄むわけではないが、一歩も引かないという強固な意志が感じられた。

「貴様、この方がどなたかわかっているのか」

ごつい男のひとりが声を荒らげる。

普通の人間なら逃げ出すほどの太くて腹に響く声だ。ところが、猪生は眉ひとつ動かさない。

「黒松組（くろまつぐみ）の黒松孝造（こうぞう）組長……アポなしでの訪問は規約違反です」

「なんだとっ」

もうひとりのごつい男が大声で怒鳴る。その直後、中央の男が右手をスッとあげた。

「やめないか」

そのひと言で、ふたりの男は黙りこんだ。

（なんか、面倒なことになってきたぞ……）

善春は身動きできずに立ちつくす。逃げ出したいが、下手に動くと殴り飛ばされそうな雰囲気があった。

黒松組という名前は善春も聞いたことがある。このあたりを仕切っている凶悪な暴力団のひとつだ。そこの組長が直々に訪れたのだから、よほどのことに違いなかった。

「お騒がせして、すまないね」

黒松は怯えている善春に声をかける。声音こそ穏やかだが、目つきは刺すように鋭かった。

「い、いえ……」

善春は顔面をひきつらせながら首を左右に振る。

暴力団の組長などとかかわりたくない。慌てて視線をそらしたとき、ごつい男のひとりと目が合った。

（あっ、こいつは……）

見覚えがある。

昨日、美久の引越荷物を運んでいた男だ。男のほうも見覚えがあると思っているのか、善春の顔をじっとにらんでいた。

（名前は確か……）

緊迫する状況で思い出せない。美久が呼び捨てにしていたのは覚えているが、なんという名前だったろうか。

「竜二と虎雄は気が荒くて困る。悪く思わんでくれ」

黒松の言葉でようやく思い出した。

男の名前は竜二だ。おそらく、竜二と虎雄は組長のボディガードだ。そんな男が、どうして美久の引っ越しを手伝っていたのだろうか。しかも、美久に顎で使われても、文句ひとつ言わなかった。

（どうなってるんだ……）

まったく状況がわからない。善春は困惑するばかりだが、猪生は動じることなく堂々としている。

「規約です。お帰りください」

あくまでも突っぱねる。相手が暴力団の組長でも、妥協するつもりはないらしい。竜二と虎雄が苛立っているが、黒松の手前なんとかこらえていた。

チンッ――。

小さな音が響いて均衡を破った。

エレベーターが到着した音だ。扉が静かに開いて、白いワンピースを着た香澄が現れた。

「管理人さん、話があるんだが」

すかさず黒松が声をかける。先ほどより真剣な表情だ。よほど重要な話があるのだろうか。

「事前に連絡をいただかないと困ります」

香澄は一瞬、表情を硬くするが、すぐに柔らかな笑みを浮かべた。

「緊急の案件だ」

「そうおっしゃられても……当マンションの規約はご存知ですよね」

意外なことに、香澄も引く気がないらしい。規約を盾にして追い返そうとしている。

「美久のことだ」

黒松が険しい表情で、きっぱり言い放った。

どうして、黒松の口から美久の名前が出たのだろうか。初体験の相手が、暴力団の組長とどういう関係なのか気になって仕方がない。

「あれは俺の女だ。連絡が取れなくなったが、どうなってるんだ」

黒松の口調が熱を帯びてくる。

どうやら、美久は黒松の愛人らしい。規約違反でマンションから追い出されたことを知らないようだ。

(組長の愛人だったのかよ)

顔から血の気が引いていくのを感じた。

セックスしたことが黒松にバレたら、怒りを買うのは間違いない。まずい女と関係を持ってしまった。

「重大な規約違反があったので対処しました」

「対処……」

香澄が静かに告げると、黒松の顔がこわばる。奥歯をギリッと強く嚙むのがわかった。

「ええ、対処です」

香澄は表情を変えずにくり返し、善春の顔をチラリと見やる。そして、再び黒松に視線を向けた。

「つづきは談話室で話しましょう。こちらにどうぞ」

管理人室のドアを開けると、黒松を招き入れる。

談話室は管理人室の奥にある。もしかしたら、善春に話を聞かせたくないのかもしれない。香澄もなかに入るとドアがピタリと閉じられた。

(なんか、まずくないか……)

美久はすでにマンションから追い出されている。

生きているのか怪しい状況だ。万が一、死んでいたら、黒松の報復があるのではないか。暴力団組員が大勢で襲ってきたら、規約違反などと言っている余裕はない。

（いや、待てよ）

二年前の地下駐車場の惨状を思い出す。

猪生ならひとりで対抗できるかもしれない。なにしろ、十五人の男をひとりで倒したのだ。普通の男が束になっても敵わない。拳銃でも持ってこない限り、猪生を倒すことはできないだろう。

今、猪生の前に竜二と虎雄が立っている。

一触即発の雰囲気だが、たったふたりで猪生に勝てるとは思えない。彼らは猪生の恐ろしさを知らないのだ。

（やめておいたほうがいいですよ……）

よけいなお節介とは思いつつ、つい横から声をかけたくなってしまう。これ以上、猪生に「対処」させたくなかった。

「おい、おまえ」

「なに見てるんだ」

竜二と虎雄が鋭い視線を善春に向ける。今にも殴りかかりそうな雰囲気に震えあがった。

「い、いえ、なにも……」

慌てて視線をそらすと、善春は逃げるようにマンションをあとにした。

3

(参ったなぁ……)

善春はコンビニに向かって歩きながら、心のなかでつぶやいた。

やはり美久と関係を持ったのは失敗だった。童貞は卒業できたが、あまりにもリスクが大きすぎる。美久は夜の匂いを纏っていたが、まさか暴力団組長の愛人だとは思いもしなかった。

美久が話さなければ、善春とセックスしたことはバレない。

とはいえ、黒松と顔を合わせたくなかった。まだしばらく談話室にいると思うので、時間をつぶしてから帰ったほうがいいだろう。わざと少し離れたコンビニに向かうと、店内をゆっくり見てまわった。

弁当やおにぎりを購入して、コンビニ袋をぶらさげながらゆっくり帰る。

あれから一時間近く経っていた。マンションの前に黒塗りの車は停まっていない。どうやら、黒松たちは帰ったらしい。しかし、新たな不安が善春の胸にひろがっていた。

（やっぱり……）

何者かに尾行されている。

おそらく、コンビニを出たあたりからだ。一定の距離を保って、ずっと同じ足音が聞こえている。歩調を緩めたり、逆に速くしたりするが、距離感は変わらない。なんらかの目的を持って、誰かが善春のあとをつけていた。

（もしかしたら、黒松の……）

善春と美久の関係に気づいて、黒松が部下に尾行を命じたのではないか。

もし予想が当たっていたら、どうなってしまうのだろうか。暴力団組長を怒らせて、無事でいられるはずがない。善春は背後を気にしながら、歩く速度をどんどんあげていく。

（でも、なんかおかしいな）

ふと疑問が湧きあがる。

背後をついてくる気配はするが、距離を保ったままだ。もうすぐマンションにないか。

ついてしまう。本気で襲う気があるのなら、もっと早く行動に移しているのでは

（よし……）

意を決して立ちどまり、背後を振り返る。

すると、少し離れた場所に、黒いタイトなワンピースを着てサングラスをかけた女性が立っていた。

「あっ……美久さん」

思わず声をあげる。ひと目で美久だとわかった。

「ちょ、ちょっと……」

美久は唇の前で右手の人さし指を立てると、慌てた感じで走ってくる。なぜか不機嫌そうに顔をしかめていた。

「なにやってるんですか」

「シッ、静かにして」

なにを警戒しているのか、あたりをキョロキョロと見まわす。そして、善春の腕をつかむと路地に連れこんだ。

「ど、どうしたんですか」

善春は声を潜めて再び尋ねる。

状況がわからないが、とにかく美久は生きていた。最悪の事態も考えていたので、とりあえずほっとする。ところが、美久はひどく怯えた感じで、しきりに周囲を気にしていた。

「見つかるとまずいのよ」

「もしかして、その服装……」

目立たない格好をしているつもりだろうか。

しかし、黒ずくめでサングラスをかけていたら怪しい人にしか見えない。逆に目立っているが、美久はそのことに気づいていないようだ。

「なによ」

「い、いえ、別に……」

本人が大まじめなので指摘できない。とにかく、やけにビクビクして、落ち着きがなかった。

疑問が次々と湧きあがる。わからないことだらけだが、とりあえず順を追って質問するべきだろう。

「マンションを追い出されたんですか」

「そうなのよ。昨日の夜、あの大男が来て、出ていけって」

美久は不満げに語りはじめる。

大男とは猪生のことだろう。荷物はあとから送ると言われて、強引に部屋から連れ出されたらしい。荷造りする時間もなく、財布とスマホだけしか持ち出せなかったという。

「行くところもなくて、ネットカフェに泊まったの。最悪よ」

美久はぷりぷり怒っている。

しかし、なにか違和感を覚えた。ネットカフェに泊まらなくても、黒松に連絡すればよかったのではないか。愛人なのだから、ホテルくらい手配してくれる気がする。

「黒松さんに助けを求めなかったんですか」

「ちょ、ちょっと、どうして孝造さんのこと知ってるのよ」

美久の顔色が変わった。黒松の名前を聞いたとたん、焦りの色を浮かべて再び周囲を警戒しはじめる。

「もしかして、黒松さんから逃げようとしてるんですか」

ふとある考えが脳裏に浮かんだ。

美久は無理やり黒松の愛人にされたのではないか。そして、逃亡を図ろうとしているのではないか。なにしろ、相手は暴力団の組長だ。黒松の名前を聞いて焦るのも納得がいく。

「違うわよ。わたしは孝造さんのことが本当に好きで、愛人をやってるの」

美久がむきになってまくしたてる。

予想は見事にはずれていた。それなら、なおさら黒松に連絡しなかった理由がわからない。

「どうして、黒松さんに連絡しなかったんですか」

「だって、孝造さんはマークされてるもの」

美久はそう言ってむずかしい顔になる。

マークとは、いったいどういうことだろうか。意味がわからず尋ねようとするが、それより早く美久が口を開いた。

「それより、どうして孝造さんのこと知ってるの」

「さっきマンションに来たんです。美久さんと連絡が取れないって、ずいぶん怒ってましたよ」

「そう……来てくれたのね」

美久はうれしそうにつぶやくが、それは一瞬のことだった。いっそう厳しい目であたりを見まわす。

「ということは、ますます危ないわね」

「あの……誰かに追われてるんですか」

「孝造さんの奥さんよ。スマホは位置情報を知られたら困るから電源を切っていたの。孝造さんの電話が盗聴されているかもしれないから、公衆電話からもかけられなかったの」

美久は声を潜めながら語りはじめる。

以前、美久はキャバクラに勤務していたが、ステップアップするため高級クラブの面接を受けたという。そのクラブは黒松が経営しており、ひと目で気に入られて愛人になった。

ところが、黒松の妻が、美久の存在に気づいた。

彼女は異常に嫉妬深い性格で、夫の浮気を絶対に許さないという。黒松の以前の愛人は、謎の転落死をしており、妻が誰かにやらせたのではないかと噂されているらしい。

「危ない女なのよ。探偵を雇ったらしくて、住所を調べられたの。前に住んでいたマンションに押しかけてきたんだから。殺し屋を雇って抹殺してやるって……本当に怖かったわ」

「こ、殺し屋って……」

ただの脅しかもしれないが、あり得ない話ではない。

なにしろ組長の妻だ。過去に愛人が謎の死を遂げているなら、美久も同じ道をたどる可能性がある。

「それで孝造さんが心配してくれて、あのマンションに引っ越すことになったのよ。あそこなら安全って言われてたのに……」

確かにセキュリティ万全のマンションだ。だからこそ、規約は異常なほど厳しい。善春を部屋に連れこんだことで、美久は入居したその日のうちに追い出されてしまった。

「孝造さんに頼りたいけど、孝造さんがいちばんマークされてるのよ。孝造さんも、しばらく俺には近づくなって……」

確かにそうかもしれない。

黒松を監視していれば、美久が接触してくる可能性が高いと考えるだろう。相手はそこを捕らえようとするのではないか。黒松に助けを求めるのは危険な気がした。

「だいたいわかりましたけど、どうして俺のことをつけていたんですか」

「たまたま見かけたから……」

「俺を尾行したって、どうしようもないじゃないですか」

頭に浮かんだ疑問をそのまま口にすると、美久は聞きわけのない子供のように地団駄を踏んだ。

「もうっ、わかってよ。わたし、命を狙われてるのよ」

「わ、わかってますけど……」

腕を強くつかまれて、善春は困惑してしまう。そんなことを言われても、どうすればいいのかわからない。

「わかってないよ。ねえ、ハルくん、助けてよ」

美久は悲痛な声になっている。本気で怯えているのが伝わるが、彼女を殺し屋の手から守る方法など思いつかない。

「行く場所がないの。ネットカフェとかホテルに泊まってたら、そのうち見つかっちゃうわ」

縋(すが)りつかれても困ってしまう。善春がなにも答えられずにいると、美久の瞳は見るみる潤みはじめた。

「誰も頼る人がいないの……うっ、うぅっ」

ついにはしゃくりあげて、大粒の涙をポロポロこぼす。

あの強気な性格の美久が泣いているのだ。突き放すことなど、できるはずがなかった。

4

善春はコーヒーの入ったマグカップをローテーブルに運んだ。

美久はソファに腰かけている。涙はとまっているが、憔悴しきった感じでうつむいていた。

「これでも飲んでください」

善春が声をかけても、美久は黙りこんでいる。仕方なく隣に腰かけるが、どうすればいいのかわからない。

とりあえず、この部屋で匿うしかない。そう思って連れてきたのだが、香澄や猪生にバレていないか気になっている。

連れこむのは大変だった。

管理人室の前を通るわけにはいかないし、地下駐車場からエレベーターに乗っても、このマンションは至る所に監視カメラが設置されている。映らないようにするのは至難の業だ。

そこでマンションの裏にある非常階段を使うことにした。ふだんは防火扉が閉じており、鍵がかかっている。緊急時にだけ開く特殊なシステムで、通常は入居者も使うことができない。だが、善春のキーは関係者用のものなので、開けることができるのだ。

ただマンション内の廊下には監視カメラがある。二階の防火扉から自室の玄関ドアまでの間は、短い距離だが映ってしまう。香澄と猪生が監視モニターを見ていないことを祈って、運まかせで通過するしかなかった。

部屋に入ってから数分経つが、香澄と猪生がやってくる気配はない。危険を察知したら、すぐに駆けつけるはずだ。どうやら、バレることなく美久を連れこむことに成功したようだ。

しかし、安堵(あんど)している場合ではない。これから先のことは、まだなにも決まっていないのだ。なんとかして黒松に連絡を取り、美久を安全な場所に連れていってもらうしかないと考えていた。

「俺はマークされていないから、黒松さんに接触できますよね。明日、黒松組に行ってみます」

善春にできるのは、それくらいしかない。

かかわると面倒なのはわかっているが、筆おろしをしてくれた女性を蔑ろにはできない。

「お腹は空いてませんか」

なにを話しかけても、美久はうつむいたまま黙りこんでいる。もしかしたら、ひとりになりたいのだろうか。

「俺はあっちに行ってますから、なにかあったら呼んでください」

善春は寝室に引っこむつもりで、ソファから腰を浮かしかける。そのとき、手をつかまれて、ドキリとした。

「行かないで……」

消え入りそうな声だった。

美久の弱々しい姿に胸が高鳴ってしまう。昨日は猪生が相手でも一歩も引かないほど強気だったのに、今日はやけにしおらしい。そのギャップに惹きつけられてしまう。

「ど、どうしたんですか」

手を引かれるまま、ソファに座り直す。胸の鼓動が速くなり、バクバクと音を立てていた。

「ひとりにしないでよ」

美久は甘えるように言うと、善春の肩にしなだれかかる。ワンピースの乳房のふくらみが右の肘に当たり、プニュッと柔らかくひしゃげた。

「つ、疲れてるんですね。昨日はネットカフェだったんですよね。眠れなかったんじゃないですか」

できるだけやさしく語りかけると、美久はこくりとうなずく。そして、なにかを訴えるように、上目遣いで善春の顔を見つめた。

「す、少し休んだほうがいいですよ。お、俺のベッドでよかったら、使ってください」

善春は慌てて視線をそらすと腰を浮かせる。すると、美久は腕にしがみついていっしょに立ちあがった。

「連れていって」

「は、はい……こっちです」

隣の寝室に向かうと、美久をベッドに座らせた。

「俺はあっちにいますから、なにかあったら呼んでください」

なんとか平静を装って語りかけると、すぐに立ち去ろうとする。しかし、美久は腕を放そうとしなかった。

「お願いだから、いっしょにいて」

「い、いや、でも……」

「昨日みたいに仲よくしようよ」

「そ、それはまずいですよ」

懇願されても躊躇する。

普通ならうれしい展開だが、美久は暴力団組長の愛人だ。昨夜はなにも知らなかったので勢いのままセックスしたが、今はすべてがわかっている。バレたときのことを考えると、恐ろしくてその気になれなかった。

「ご、ごめんなさい。やっぱり無理です」

「女に恥をかかせないで」

美久の声には悲しみが滲（にじ）んでいる。

申しわけないと思うが、それでもペニスが反応するとは思えない。リスクが頭の片隅にチラつき、とてもではないが興奮できなかった。

「孝造さんが怖いのね」

美久がため息まじりにつぶやく。

男として見くだされた気がして情けないが、黒松は暴力団の組長だ。怖くないはずがなかった。

「すみませんけど――」

「隣にいてくれるだけでいいから……お願い」

美久の瞳は潤んでいる。眉が八の字の歪んでおり、今にも泣き出しそうな顔になっていた。

なにしろ、殺し屋に命を狙われているかもしれないのだ。どんなに強気な性格でも、美久はか弱い女性だ。いつまでも強がってはいられない。怯えるのは当然のことだと思う。

「わ、わかりました……」

気の毒で放っておけず、善春はベッドに腰かけた。

すると、美久はベッドに横たわる。そして、善春の手を強く引き、仰向けに転がした。

「くっついてもいいでしょ」

美久がすかさず身体を寄せる。

横顔に視線を感じるが、緊張で隣を見ることができない。善春は全身を硬直させて、天井だけを見つめていた。

「ち、近いですよ」

「こうしてないと不安なの……」

耳もとに彼女の熱い息づかいを感じる。

くすぐったさにゾクッとするが、それでも緊張が解けるわけではない。全身の筋肉には力が入ったままだった。

「ねえ、本当になにもしないの」

美久がさらに身体をぴったり寄せる。乳房のふくらみを腕に押しつけて、片脚を善春の太腿に乗せあげた。

「うっ……」

彼女の膝が、ちょうどジーパンの股間に触れている。撫でるようにやさしく動かして、布地ごしにクニクニとこねまわす。同時に片手を胸板に這わせて、長袖(ながそで)

Tシャツの上から乳首をいじりはじめた。

「くうっ……」

甘い刺激がひろがるが、それでも善春は天井を見つめつづける。

暴力団組長の愛人だと思うと自然と心のブレーキがかかり、興奮が高まることはない。ペニスはピクリとも反応しなかった。

「わたし、これでもハルくんには感謝してるんだよ」

美久はいつになく真剣な調子で語りはじめる。

それでいながら、愛撫(あいぶ)は加速していく。膝でペニスをこねまわし、指先で乳首を摘まみあげた。

「お礼をしたいの……いいでしょ」

美久は耳もとでささやくと、善春の服を脱がしはじめた。

5

(俺、なにやってるんだ……)

善春は裸でベッドに横たわっている。

なんとなく抗えないまま、美久の手で服をすべて脱がされてしまった。萎えたペニスがまる見えになっているのが恥ずかしい。手で覆い隠すと羞恥がさらに大きくなりそうで、剝き出しのままにしていた。

「いっぱい気持ちよくしてあげる」

美久もワンピースを脱いで、黒のブラジャーとパンティだけになる。

さらにブラジャーを取り去り、パンティもおろしていく。たっぷりした乳房と濃いピンク色の乳首、黒々とした陰毛がそよぐ恥丘、それに細く締まった腰が露になる。

むしゃぶりつきたくなるような見事な女体だ。しかし、ペニスはピクリとも反応しない。

「大きくならないね」

美久がつまらなそうにつぶやく。

たぶんなにをやっても大きくならない。組長の愛人だとわかっていて勃起するほど、善春の肝は据わっていない。

「なんか、すみません……」

女性に失礼な気がして謝罪する。

だが、これで美久もあきらめてくれると思う。勃起しなければ、どうすることもできない。

「謝らなくてもいいよ」

美久はそう言いながら、善春の脚の間に入りこむ。そして、全裸で正座をすると、両手を柔らかいペニスの両脇に添えた。

「わたしが大きくしてあげる」

指先で竿をそっとしごきつつ、前屈みになって熱い息を亀頭に吹きかける。さらには舌を伸ばして、裏スジにスーッと這わせた。

「ううっ、ちょ、ちょっと……」

思わず呻き声が漏れる。

ペニスを舐められるのは、はじめての経験だ。柔らかくて熱い舌先が、敏感な裏スジをヌメヌメと這いあがる。くすぐったさが湧き起こるが、ペニスは勃起することなく頭を垂れていた。

「そ、そんなところ……」

思わず首を持ちあげて、自分の股間に視線を向ける。すると、前屈みになっている美久と目が合った。

（こ、これって、フェラチオだよな……）

心のなかでつぶやくだけで興奮が湧きあがる。

いつか経験したいと思っていたことが現実になった。しかし、美久は暴力団組長の愛人だ。二度と関係を持ってはいけない相手だ。いけないと思いつつ、腹の底で欲望に火がつくのを感じていた。

「き、汚いですから……」

「汚くなんてないわ。ハルくんのオチ×チン、わたし、大好きよ」

美久は舌を伸ばして裏スジを舐めながら、妖艶な笑みを浮かべる。

その言葉を裏づけるように、舌先が亀頭へと移動する。そして、尿道口をチロチロといじりはじめた。

「そ、そこは……うぅっ」

裏スジよりも敏感で、思わず両脚がつま先までつっぱった。

「ここが感じるみたいね」

尿が出る穴だというのに、美久は気にすることなく舐めつづける。

やがて、くすぐったさが快感へと昇華していく。ペニスがピクッと反応したかと思うと、血液が流れこむのがわかる。はっとして再び股間を見やれば、亀頭がムクムクとふくらんでいた。

(や、やばい……)

いけないと思っても、一度反応したらとめられない。心のなかで念じたところで、ペニスはどんどん膨張してしまう。

「ふふっ……大きくなってきたわよ」

美久がうれしそうにつぶやく。

さらに舌を這わせて、亀頭の表面に唾液をたっぷり塗りつける。ぐっしょり濡らすと、ペニスの先端をぱっくり咥(くわ)えこみ、柔らかい唇でカリ首をキュウッと締めあげた。

「くううっ」

快感が明確になり、腰にブルルッと震えが走る。こらえきれない呻き声とともに、我慢汁まで溢れ出した。

「あふっ……もっと気持ちよくしてあげる」

美久が首をゆったり振りはじめる。太幹の表面に唇を滑らせて、唾液を塗りつけながらしごきあげた。

「おおッ、き、気持ちいいっ」

快楽の呻き声を抑えられない。本格的なフェラチオを施されて、はじめての快感に全身の細胞が震えていた。

「ンっ……ンっ……」

美久は上目遣いに善春の表情を確認しながら首を振っている。口内で舌も使って、カリの裏側や尿道口を舐めていた。

「ま、待って、ううッ、ま、待ってくださいっ」

これ以上、つづけられたら暴発してしまう。慌てて告げると、両手で彼女の頭をがっしりつかんだ。

「ス、ストップです、も、もうダメです」

懸命に訴えるが、快感が鎮まることはない。美久は頬がぼっこりへこむほど吸茎して、新たな快感が湧き起こる。

「そ、そんなに吸われたら……おおおッ」

下腹部の奥で射精欲が生じたと思ったら、急速にふくらんでいく。なんとかこらえようとするが、尿道のなかの我慢汁を吸い出されると、快感がさらに大きくなってしまう。

「このまま出して……わたしの口に出して」

ペニスを咥えたまま、美久がくぐもった声で催促する。その艶めかしい声が、牡の欲望をますます煽り立てた。

「も、もうっ……くううッ」

両手で彼女の頭を抱えこみ、ついに絶頂の大波に呑みこまれる。猛烈に吸われながら、精液が勢いよく噴きあがった。

「くおおおッ、で、出るっ、くおおおおおおおおッ！」

獣じみた声を振りまき、全身を思いきり痙攣させる。大量のザーメンが尿道を駆け抜けて、太幹がドクドクと脈打った。口内に精液をぶちまけるが、その間も美久はペニスを吸いつづける。

「はむうううッ」

「おおおッ、き、気持ちいいっ、おおおおおおおッ！」

射精している最中に吸茎されるのは、気が遠くなるほどの快楽だ。善春は股間を突きあげて、精液をたっぷり放出した。

「ンンっ……」

美久はペニスを根もとまで咥えたまま、口内に注ぎこまれた牡の粘液を飲みくだす。目の下を桜色に染めた色っぽい表情で、まるで味わうように喉をコクコク鳴らしていた。

6

「いっぱい出たね」

ようやくペニスを解放すると、美久は熱い吐息とともにつぶやいた。

大量の精液を一滴残らず嚥下して、欲望がふくれあがったらしい。瞳がトロンと潤んでおり、腰を左右によじらせる。フェラチオしたことで、興奮しているのは明らかだ。

「ねえ、まだ硬いままだよ」

唾液で濡れ光る太幹に細い指を巻きつけて、ゆるゆるとしごきあげる。

射精直後のペニスを刺激されるのは強烈な快感だ。善春はたまらず全身を仰け反らせた。

「くううッ、い、今はダメですっ」

「そんなに気持ちいいんだ。わたしも気持ちよくなりたいな」

美久は楽しげに言うと、ようやくペニスから手を放す。そして、善春の隣で四つん這いになり、尻を高く掲げるポーズを取った。

「うしろから……お願い」

甘い声で懇願して、挑発的に腰をくねらせる。そこまでされたら、無視することはできない。善春もはじめてのフェラチオで高揚している。どうせなら女壺のなかで射精したかった。

頭の片隅では、まずいと思っている。美久が暴力団組長の愛人だということを忘れたわけではない。しかし、ここまで来たらとめられない。興奮と欲望にまみれており、セックスしたくてたまらなくなっていた。

「うまくできるかな……」

体を起こすと、美久の背後で膝立ちになる。

まだ騎乗位しか経験がないので不安だが、とにかく美久のプリッとしたヒップを抱えこむ。尻たぶに両手を当てて臀裂(でんれつ)を割り開けば、華蜜で濡れ光る陰唇が露になった。

「もう、こんなに……」

思わず目を見開いて凝視する。

最初からこれほど濡れているとは驚きだ。こうして見ている間にも、陰唇の狭(はざ)

間から透明な汁がジクジク湧き出ていた。

「そんなに見ないでよ……恥ずかしいじゃない」

美久が振り返り、小声でつぶやいて腰をよじる。ふだんは強気なだけに、羞恥にまみれた姿に欲望が煽られた。

「ねえ、早く……」

「は、はいっ」

甘えるような声でうながされて、善春はペニスの先端を膣口に押し当てる。軽く触れただけでも、ヌチャッという微かな蜜音が響いた。

「ゆっくり挿れて……」

美久に言われるまま、慎重に腰を押し出す。ところが、亀頭は陰唇の表面をヌルリッと滑り、上方に逃げてしまう。

「あンっ」

その動きが刺激になったのか、美久の唇から甘い声が漏れた。

もう一度、チャレンジしてみるが結果は同じだ。またしても亀頭が滑り、陰唇の表面を擦ってしまう。

「ああンっ」

「す、すみません、なんか滑っちゃうんです」

「もう、仕方ないわね」

美久は焦れたように言うと、股の間から右手を伸ばしてペニスをつかむ。そして、亀頭を膣口にあてがい、自ら尻を後方に突き出した。

クチュッ――。

華蜜の弾ける音がして、亀頭が女壺に吸いこまれる。

まだ先端だけだが、確実にはまった。これで狙いがはずれることはない。善春はくびれた腰をつかむと、ペニスをゆっくり押し進める。

「い、いきますよ……ううッ」

「はううッ、す、すごいっ」

美久の唇から喘ぎ声が溢れ出す。

挿入が深まるにつれて、背中がどんどん反っていく。そして、太幹が根もとまでズンッと収まると、女体に小刻みな震えが走り抜けた。

「あううッ、ふ、深いっ」

背中が思いきり反り返り、女壺が猛烈に収縮する。膣口が太幹をしっかり食いしめて、ギリギリと絞りあげた。

「くうぅッ、そ、そんなに……」

まだ挿入しただけなのに、いきなり強烈な快感が押し寄せる。膣のなかで我慢汁が溢れて、射精欲がふくれあがった。

「う、動きます……うむッ」

暴発を抑えるため、尻の筋肉に力をこめる。その状態で腰をゆっくり振りはじめた。

「ああッ、い、いいっ」

すぐに美久が喘ぎはじめる。くびれた腰が艶めかしく揺れて、感じているのは明らかだ。

「ま、また締まって……ううッ」

「あああッ、この角度、すごいの……」

膣内の敏感な場所にペニスが当たっているらしい。昨夜の騎乗位より、反応が激しくなっている。

「バックが好きなんですね。すごく濡れてますよ」

「い、言わないで……あぁンっ」

指摘したことで美久の感度はさらにあがっていく。華蜜の量が増えて、湿った音が大きくなった。

「あぁッ、恥ずかしい……あぁあッ」

よほどバックが好きらしい。ひと突きごとに、美久が高まっていくのが手に取るようにわかる。だから、自然と善春のピストンは加速していく。

「ううッ……うううッ」

「あぁッ、いいっ、あぁあッ」

美久は両手でシーツをかきむしり、尻を突き出したポーズで喘いでいる。

ふだんは強気だが、マゾっ気もあるのだろうか。力強く腰を打ちつけても、いやがるどころかますます感じていた。

「それなら……おおッ、おおおッ」

遠慮する必要はない。善春は欲望にまかせて腰を振る。ペニスを深い場所まで送りこみ、亀頭で膣道の行きどまりをノックした。

「あうッ、そ、そんなに……あううッ、お、奥まで届いてるっ」

美久の顎が跳ねあがり、背中がさらに反り返る。それと同時に膣のなかが激しくうねり出した。

「き、気持ちいいっ、おおおッ」

凄まじい快感が押し寄せる。なんとか耐えていたが、これ以上はもちそうにない。善春は全力で腰を振り、ペニスを高速で出し入れした。

「ああッ、ああッ、い、いいっ、も、もうっ」

美久が切羽つまった声をあげる。いつしかピストンに合わせて、四つん這いの身体を前後に振っていた。

「おおおおッ、で、出る、俺っ、もうっ、くおおおおおおおッ！」

善春のほうが先に達してしまう。ペニスを根もとまでたたきこんだタイミングで、いきなりザーメンが噴きあがった。

「あああああッ、熱いっ」

「おおおッ、くおおおおおおッ」

うねる媚肉に包まれての射精は、最高の快楽を与えてくれる。思いきり絞りあげられることで、絶頂の波が次から次へと押し寄せた。精液は二度、三度と噴きあがり、頭のなかがまっ白になっていく。

「はあああッ、い、いいっ、あああああッ、イクッ、イクうううッ！」

美久もアクメのよがり泣きを響かせる。四つん這いの身体をブルブル震わせながら、ついに快楽の頂点に昇りつめた。

ふたりはバックで深くつながったまま、いつまでも腰をねちねちと振りつづける。精液と愛蜜がまざり合い、膣のなかはドロドロの状態だ。そのなかでペニスをスライドさせることで、気だるい快感が持続した。

「あぁッ、もっと……もっと突いて……」

達しているにもかかわらず、美久がさらなるピストンをねだる。快楽に溺れることで、恐怖を紛らわそうとしているのではないか。それがわかるから、善春は延々と腰を振りつづけた。

第三章　溢れる想い

1

遠くでなにか音が聞こえる。

この音はなんだろうか。聞き覚えがあるが、すぐには思い出せない。考えている間も、音は鳴りつづけている。

（これは、確か……）

インターホンの音だと気づいて、はっと目が覚めた。

隣を見やれば、全裸の美久が寝息を立てている。昨日はあんなに怯えていたのに、セックスしたことで落ち着いたのかもしれない。今は気持ちよさそうに眠っていた。

しかし、まだインターホンは鳴っている。

誰かが訪ねてくる予定はない。荷物が届くわけでもなく、このマンションに新聞や宗教の勧誘など来ることもない。

「や、やばいっ」

顔からサーッと血の気が引いていく。

考えられる訪問者は、香澄か猪生のどちらしかいない。もしかしたら、美久を匿っていることに気づいたのではないか。黒松にバレることも恐ろしいが、美久とセックスしたことを香澄に知られたくない。

「美久さん、起きてくださいっ」

慌てて美久に声をかけて、肩を揺さぶった。

「ンっ……もう朝なの」

「誰か来ました。とにかく、服を着てくださいっ」

善春も急いでボクサーブリーフを穿き、スウェットの上下を身につける。しかし、美久はまだ状況がわかっていないのか、身体は起こしたものの、ぼんやりと座っていた。

「その格好はまずいですよ」

焦りばかりが大きくなっていく。

なにしろ、香澄と猪生はマスターキーを持っている。善春が時間稼ぎをしたところで、ふたりはいつでも部屋に入ることができるのだ。

「これを持って、浴室に隠れてください」

脱ぎ捨ててある服を拾い集めると、美久の腕に押しつける。そして、腕をつかんで強引に立ちあがらせた。

「ちょっと、なによ」

美久はあからさまにむっとするが、こうしている間もインターホンは鳴っている。いつまでも無視することはできない。

「早く浴室に隠れてください」

善春は寝室を出ると、リビングの壁に設置されているインターホンのパネルに向かった。

液晶画面に香澄の顔が映っている。エントランスではなく、部屋の前に立っていた。ぱっと見たところ、猪生の姿は見当たらない。管理人室で待機しているのかもしれない。

深呼吸をして気持ちを整える。それから、通話ボタンをそっと押した。

「は、はい……」

マイクに向かって語りかける。

平静を装ったつもりだが、声が微かに震えてしまった。胸のうちに焦りがひろがり、額に汗がじんわり滲んだ。

「おはよう。朝食を持ってきたわよ」

液晶画面のなかで香澄が微笑む。そして、手にしているトレーを少し持ちあげて画面に映した。

なにを言われるかと身構えていたので拍子抜けしてしまう。善春はすぐに言葉を返すことができずに黙りこんだ。

「日曜日だからって、いつまでも寝ていてはダメよ」

そう言われて、今日が日曜日だということを思い出す。

基本的に自炊をしているが、ときどき香澄がこうして食事を用意してくれることがある。とくに日曜日の朝は作ってくれることが多い。

「ちょ、ちょっと待って、今、開けるから」

善春はマイクに向かって言いながら、寝室のドアに視線を向ける。

すると、ちょうど美久が裸のまま、服を胸に抱えて出てきたところだ。善春の会話を耳にして、訪問者がいるとわかったらしい。さすがに焦った顔で浴室に逃げこんだ。

善春は緊張しながら玄関に向かうとドアを開けた。

「お、おはよう……」

自然な笑顔を心がけるが、うまくいっただろうか。

香澄は淡いグリーンのフレアスカートに白いブラウスという服装だ。柔らかい笑みを浮かべて、トレーを軽く持ちあげた。

「善春くんの部屋で、いっしょに食べましょうか」

「ず、ずいぶん急だね……」

こうして料理を届けてくれることはあるが、いっしょに食べることはめったにない。

(どうして、今日に限って……)

もしかしたら、なにか気づいているのではないか。勘ぐってしまうが、香澄はいつもの穏やかな笑みを浮かべてる。

「そうよ。たまにはいいでしょう」

「で、でも……」

即答はできない。

こんな展開はまったく予想していなかった。

普通の日なら素直に喜ぶところだが、今は美久を匿っている。しかも、つい先ほどまで、ふたりとも裸だったのだ。美久は浴室で息を潜めて、こちらのやりとりを聞いているに違いない。

「ち、散らかってるから……」

「そんなこと気にしないわ。姉弟だもの」

香澄はそう言って笑う。

姉弟という単語が胸に突き刺さる。血はつながっていないのに、姉弟という壁が善春の前に立ちふさがっていた。

「スープが冷めちゃうわ。早く食べましょう」

できることなら、今は香澄を部屋に入れたくない。だが、食事を用意してくれたのに追い返すのは不自然だ。

「う、うん……どうぞ」

仕方なく香澄を招き入れる。

美久は浴室に隠れているので、物音を立てなければ見つかることはない。香澄が浴室の扉を開けることもないはずだ。リビングに美久の痕跡(こんせき)はないので問題ない。

（美久さん、頼むから静かにしていてください）

心のなかで祈りながら、浴室の前を通りすぎる。そして、リビングに入ると、すぐにドアをぴったり閉じた。

善春と香澄はソファに並んで腰かける。

本来ならテンションがあがるシチュエーションだが、今は楽しめる心境ではない。とにかく、無事に時間がすぎることだけを願っていた。

ローテーブルに、香澄の手料理が並べられる。コーンスープに野菜サラダ、カリカリに焼いたベーコンに目玉焼き、それにバターをたっぷり塗った厚切りトースト。善春の好みに合わせたパンの朝食だ。

「で、では、いただきます」

さっそく食べはじめるが、緊張のあまり食欲が湧かない。それでも、残すわけにはいかず、黙々と食べつづけた。

「お口に合わなかったかな……」

香澄がぽつりとつぶやく。

はっとして隣を見ると、香澄はいつになく淋しげな表情を浮かべている。善春が感想を言わずに黙って食べているので、不安になったのかもしれない。美久のことばかり気にして、香澄の気持ちを考えていなかった。

「う、うまいです。もちろん、うまいです」

慌てて感想を口にする。

カリカリに焼いたベーコンがとくに好きで、口に放りこむとトーストといっしょにムシャムシャ食べた。

「わたし、料理はあまり得意じゃないから……」

「そんなことないですよ。俺、ねえさんの料理、大好きです」

善春は気持ちを押し隠して手料理を褒める。

本当は料理ではなく、香澄のことが好きだと伝えたい。だが、義理とはいえ姉弟だ。そんなことを言えば、香澄に距離を取られてしまう。こうして、いっしょに食事をすることもできなくなってしまうのだ。

(ねえさんは、どうして……)

思わず心のなかでつぶやく。

どうして、香澄は兄嫁として自分の前に現れたのだろうか。もし、兄嫁ではなく、ひとりの女性として出会っていたら、今とは違う関係になっていたのではないか。

願いが叶うなら、善春は迷うことなく告白する。

姉弟の壁がなければ、思いの丈をぶつけることができる。結果がどうなるかはわからない。だが、今は気持ちを伝えることさえ許されない関係だ。それがなによりつらい。

これまで何度も考えてきたことだ。意味のないことだとわかっているが、考えずにはいられない。許されるなら、今すぐにでも抱きしめたかった。

「そんなに散らかってないじゃない」

ふいに香澄がつぶやいた。

「えっ……」

「散らかってるって言ってたでしょう」

「あ、ああ……ここじゃなくて、寝室が……」

先ほどは焦るあまり、適当なことを言ってしまった。だが、リビングはきれいに片づいていた。

「それなら、お掃除してあげる」

香澄はソファから立ちあがり、寝室のドアに向かって歩き出す。

「ちょ、ちょっと待って」

善春も慌てて立ちあがって追いかける。

美久は浴室に隠れているが、寝室に痕跡があるかもしれない。時間がなかったので、しっかりチェックしていなかった。

善春が追いつくより先に、香澄はドアを開いてしまう。そして、寝室に足を踏み入れた。

「あら……」

香澄が立ちつくしてポツリとつぶやく。なにか美久の忘れ物があり、それを発見したのではないか。

(最悪だ……)

絶望的な気持ちになりながら、香澄の背後に歩み寄る。鏡を見なくても、自分の顔がひきつっているのがわかった。

こうなったら本当のことを話すしかない。

美久がマンションの規約を破ったのは事実だが、匿わなければ命が危ないかもしれないのだ。そのことを説明して、なんとかマンションに置いてやることはできないだろうか。

「ねえさん、じつは――」

「そんなに散らかってないわよ」

打ち明けようとした善春の声に、香澄の言葉が重なった。

善春も寝室に足を踏み入れる。ベッドの毛布とシーツが乱れているだけで、とくに散らかっているわけではない。

(美久さんの忘れ物も……)

そのとき、ベッドの前になにかが落ちているのを発見した。

黒くて小さな布地は、美久のパンティに間違いない。まるまっているため、わかりづらいが、善春は昨夜見たので知っている。だから、見た瞬間にそれがパンティだとわかった。

(や、やばい……)

全身の毛穴が開いて汗がどっと噴き出す。

だが、香澄はまだ気づいていない。まさか善春の部屋にパンティがあるとは思いもしないのだろう。しかし、掃除をはじめたら気づかれてしまう。その前に回収しなければならない。

「い、意外と片づいてましたね。ベッドだけだから大丈夫ですよ」

善春は香澄の前に出ると、体で視界を遮りながらベッドに近づく。そして、シーツを直すふりをしてしゃがみ、すばやくパンティを拾いあげた。

(よ、よし……)

なんとか回収に成功して、内心ほっと胸を撫でおろす。

手のなかに握りこんで隠しながら、シーツと毛布をきれいに直す。ベッドメイキングを終えて振り返るとき、さりげなくスウェットパンツのポケットに手を入れてパンティを押しこんだ。

「戻りましょう」

これで大丈夫だと思ったとき、聞き慣れないスマホの着信音が響いてドキリとする。

(ウソだろ……)

一瞬、美久の忘れ物かと焦るが、香澄が急いでリビングに戻り、ローテーブルに置いてあったスマホを手に取った。

「もしもし、わたしよ」

すかさず通話ボタンをタップして、誰かと話しはじめた。

(なんだ、ねえさんのか……)

安堵したのも束の間、香澄はやけに真剣な表情になっている。なにか問題でも起きたのだろうか。

「わかったわ。ここに案内して」

香澄はそう言うと電話を切った。

急に重い空気が流れはじめる。先ほどの電話の相手は猪生ではないか。どうやら、来客があったらしい。しかし、なにか様子がおかしかった。

「誰か、ここに――」

善春が問いかけようとしたとき、インターホンの電子音がリビングに響いた。

2

(どうして、こんなことに……)

善春は動揺を隠すことができずに立ちつくしていた。

なぜか暴力団組長の黒松が、善春の部屋のソファにどっかり座っている。そして、ソファの両脇には、竜二と虎雄がガードするように立っていた。

そして、黒松の正面には香澄と猪生がいる。ふたりともむずかしい顔をしており、暴力団組長とにらみ合っていた。

「黒松さん、こういうことは困ります」

香澄が抑えた声で話しかける。

なにがあったのかはわからない。だが、これまで見たことがないほど厳しい目つきになっていた。

「今回は、これで片をつけてくれないか」

黒松が口を開く。やけに重苦しい口調だ。

目配せすると、すかさず竜二がアタッシュケースをローテーブルに置き、蓋を開いてなかを見せる。帯つきの一万円札の束が、ぎっしりつまっていた。

（うわっ、な、なんだ……）

善春は思わず目を見開いた。

見たことのない大金だ。すぐには数えられないが、五千万円はあるのではないか。そんな大金を前にしても、驚いているのは善春だけで、みんな顔色ひとつ変えていない。

（なんだよ……どうなってるんだよ）

わけがわからず、ひとりでキョロキョロしてしまう。みんなが冷静なのが不思議でならず、胸の奥に不安がひろがった。

「お金の問題ではありません」

香澄の声は淡々としている。しかし、その言葉には、怒りにも似た強い意志が滲んでいた。

「これでは足りないと言うのか」

黒松の口調が強くなる。その声に反応して、竜二と虎雄が一歩踏み出した。

「やめろ。おまえたちの敵う相手じゃない」

すぐに黒松が男たちを制する。すると、竜二と虎雄はすぐに体を引き、直立不動の姿勢に戻った。

（五郎さんって、そんなに強いのか……）

善春は思わず猪生に視線を向けた。

ごつい体でいかにも強そうだが、竜二と虎雄がふたりがかりなら、どちらが勝つかわからない。だが、黒松は「おまえたちの敵う相手じゃない」とはっきり言った。裏社会でも知られているほど強いのだろうか。

「おわかりいただけていないようですね。マンションの規約は守っていただかないと困ると言っているのです。お金ではなく信用の問題です。場合によっては、今後、黒松組の方は入居できなくなりますよ」

香澄の言葉にまたしても驚かされる。

(じゃあ、このお金って……)

マンションの規約を破ったことを謝罪するためのものらしい。

だが、分譲マンションを購入できるだけの金額だ。これほどの金を払ってまで住む意味がわからない。前々から普通のマンションではないと思っていたが、これはさすがにおかしい気がする。

「今回の件はこちらが悪かった。すまない」

暴力団組長の黒松が、香澄に向かって頭をさげた。それを見て、すかさず竜二と虎雄も頭をさげる。

(なんだよ、これ……)

理解しがたい光景だ。

これでは香澄が裏社会の人間を仕切っているようではないか。善春は不思議に思って首をかしげる。ところが、香澄はいっさい表情を変えることなく男たちを見ていた。

「わかりました。今回はこれで手を打ちましょう」

その言葉を聞いた猪生がアタッシュケースを受け取る。そして、香澄はリビングを出ると、まっすぐ歩いていく。

（あっ、そっちは……）

気づいたときには、すでに香澄は浴室の前に立っていた。

「小峰さま、お迎えです」

扉ごしに声をかける。

どうやら、最初からそこに美久がいることはバレていたらしい。扉がガチャッと開いて、美久が姿を見せる。ばつが悪そうな顔をしているが、黒いワンピースをしっかり着ていた。

（ああ、よかった……）

善春は思わず胸のうちでつぶやき、小さく息を吐き出した。

裸で出てきたら、言いわけのしようがない。ここにいるだけでもまずいが、せめて服を着ていてくれたのでほっとした。

「孝造さん……」

美久は黒松の顔を見るなり涙ぐむ。そして、白くてほっそりした指先で目もとを拭った。

「もう、大丈夫だ。違約金は払ったし、謝罪もすませてある」

黒松が思いのほかやさしい言葉をかけて、美久の手を握った。

「ここほどではないが、安全に隠れられそうな物件を見つけてある。当面はそこに身を潜めるんだ」

「うん、わかった……」

美久がこっくりうなずくと、黒松は善春に向き直る。そして、鋭い視線でまじまじと見つめた。

「よく助けてくれた。感謝する」

口では礼を言っているが、心から感謝しているわけではない。むしろ、感謝どころか、目の奥には怒りが滲んでいる。もしかしたら、美久と善春の関係を疑っているのかもしれない。

「だが、今後は美久に近づかないでくれ」

「は、はい……あの、最後にひとつだけ質問させてください」

黙っていればいいのに、つい口を開いてしまう。

その場にいる全員に注目されて、緊張感が高まっていく。だが、どうしても確認しておきたかった。

「なんだ。言ってみろ」

「み、美久さんは、本当に安全なんでしょうか」

二度と会うことはなくても、美久は初体験の相手だ。命を狙われていると言っていたが、なんとか生き延びてほしい。

「妻は気の強い女でね。ふだんはおとなしいが、スイッチが入ると攻撃的になるから困ったもんだ。宥めすかして、やっと聞き出したよ」

黒松はそこで言ったん言葉を切ると、小さく息を吐き出した。

「殺し屋を雇ったというのは、ただの脅しだった」

「でも、前にも……」

途中まで言いかけて、慌てて口をつぐんだ。

以前にも愛人が転落死したらしいが、この場でその話を出すのはまずい気がした。しかし、黒松は善春が聞きたいことがわかったらしい。

「あれは事故だ。妻とは関係ない。酒に酔って悪ふざけしているうちに、ベランダから落ちたんだ」

黒松はさらりと語る。

本当に事故かどうかはわからない。黒松が庇っている可能性もある。刑事事件になっていないからといって、事故だと断定はできないのだ。

「念のため、美久はしばらく潜伏生活だ」

黒松はそう言うと、話は終わりとばかりにソファから立ちあがる。美久の腰に手をまわして歩きはじめた。

「じゃあな」

「ハルくん、ありがとう」

美久が最後に礼を言う。

しかし、善春は黙りこんだまま、美久の背中を見送った。なにか言葉をかけたかったが、なにも思い浮かばなかった。

黒松と美久、それにボディガードのふたりが立ち去り、部屋には善春と香澄と猪生の三人が残された。

(なんか、気まずいな……)

美久を匿った経緯(いきさつ)を説明するべきだと思う。しかし、セックスした記憶がよみがえり、なかなか話を整理できない。

「自分は管理人室に戻ります」

猪生がそう言ってリビングから出ていく。

香澄とふたりきりは落ち着かない。善春は猪生を見送るふりをして、玄関に向かった。

「もう少し、いてくださいよ」

「仕事がありますから」

靴を履きながら猪生がつぶやく。そして、善春のスウェットパンツのポケットを見やった。

「ポケットから、なにか出てますよ」

そう言われて見やると、ポケットから黒い布地がはみ出ていた。

美久のパンティに間違いない。しっかり押しこんだつもりだったが、いつの間にか半分飛び出していた。

「こ、これは……な、なんでもないです」

慌てて押しこみ、笑ってごまかそうとする。ところが、頰がひきつってうまく笑顔が作れない。

（ここにあるってことは……）

今ごろ美久はノーパンということになる。

万が一、黒松が気づいたら面倒なことになりそうだ。うまくごまかしてくれと心のなかで祈った。

「ご、五郎さん、やっぱり強いんですね」

なんとかパンティから話題をそらしたくて、懸命に頭を振り絞る。そして、思いついたことを、すかさず口走る。先ほど、黒松が言っていたことが頭にはっきり残っていた。

「なんのことでしょう」

「黒松さんがボディガードたちに言ってたじゃないですか。おまえたちの敵う相手じゃないって」

「あれは自分のことではないです」

猪生はそう言うと、背中を向けて玄関から出ていった。

（謙遜してるのかな……）

強いのはわかっているのだから、今さら隠す必要はないと思う。

善春は二年前、地下駐車場でも十五人の男たちが倒れている現場を目撃している。猪生が暴れているのを直接、見たわけではない。だが、明らかに大立ちまわりを演じた直後だった。

自慢したくないだけだろうか。しかし、なにか釈然としない。猪生の考えていることが、今ひとつわからなかった。

3

善春がリビングに戻ると、香澄は澄ました顔でソファに腰かけていた。

「コ、コーヒーでも入れようかな」

いったんキッチンに逃げようとする。ところが、すかさず香澄が振り向いて手招きした。

「ここに座って」

穏やかな声が逆に恐ろしい。

嵐の前の静けさというやつかもしれない。マンションから追い出された美久を匿っていたのだから、香澄が怒るのは当然のことだ。善春は覚悟を決めると、香澄の隣に腰をおろした。

「ご、ごめんなさい」

なにか言われる前に、まずは頭をさげて謝罪する。

もしかしたら、自分まで規約違反で追い出されるのではないか。そんなことまで考えるが、香澄から怒りは感じなかった。

「コンビニに行った帰りに、たまたま美久さんに会ったんだ。それで、助けてほしいって頼まれて……」

「断れなくて匿ったのね」

「う、うん……」

善春は視線をそらしてうなずいた。

セックスしたことまで説明するつもりはない。罪悪感が刺激されるが、絶対に知られたくなかった。

「そう……」

なにか言われるかと思ったが、それ以上、香澄はなにも尋ねない。むずかしい顔をして黙りこんだ。

(なにも聞かないんだね)

ほっとすると同時に一抹の淋しさが胸にこみあげる。

男と女がひと晩、同じ部屋で過ごしたのだ。なにかあったと思うのが普通ではないか。しかし、香澄はまるで気にするそぶりもなく、別のことを考えこんでいるようだ。

(俺のことなんて、どうでもいいんだな……)

つっこまれると困るが、なにも聞かれないとせつなくなる。

香澄は善春を男として見ていない。だから、美久とひと晩ふたりきりで過ごしても、まったく気にならないのだろう。

どんなに想っても、まるで相手にしてもらえない。

自分たちは血のつながらない姉弟だ。香澄にとって、善春はいつまで経っても弟のままだった。わかっていたことだが、悲しい事実を再確認する結果になって気分が落ちこんだ。

(仕方ない……仕方ないんだ)

心のなかでくり返す。

しかし、どうしても割りきれないものがある。手が届かないからこそ、香澄を想う気持ちはどんどん大きくなっていた。

無言が重くのしかかる。

隣をチラリと見れば、香澄はまだむずかしい顔をしている。なにを考えているのかはわからない。

(もしかして、俺のことを追い出すつもりじゃ……)

頭の片隅にあった不安がふくれあがる。

このマンションは特殊だ。入居者が規約違反を犯すと即刻退去させられる。例外はない。実際にそういう場面を何度も目にしていた。

「追い出された美久さんをマンションに入れるのは規約違反だよね。わかっていたんだけど、放っておけなくて……ごめんなさい」

善春は慌てて謝罪すると、頭を深々とさげる。

とにかく、香澄のそばから離れたくない。部屋自体にこだわりはないが、とにかく香澄の近くにいたい。

「善春くん……顔をあげて」

やさしげな声が聞こえて、善春は顔をゆっくりあげる。すると、香澄が穏やかな表情を浮かべていた。

「小峰さんは規約違反で退去してもらったけど、彼女をマンションに招くことは規約違反ではないのよ」

「えっ、そうなの……」

「きちんと手つづきをして許可がおりれば問題ないわ。許可を取らずに、契約者以外の人をマンション内に入れたことが問題なの」

そう言われて納得する。

このマンションの特殊な規約のひとつだ。契約者以外の者は、許可なくマンション内に立ち入ることはできない。部外者は必ず管理人室に立ち寄り、身分証明書を提示する必要がある。その結果、許可がおりないこともめずらしくない。とにかく、セキュリティに関しては厳しいのだ。

「小峰さんの場合は、入居のときに身元調査をしているので問題のある人物ではないわ。だから、非常階段から連れこんだのはわかっていたけど、いったんは様子を見ることにしたの」

香澄の言葉を聞いて、ドキリとした。

やはり、美久を連れこんだことは最初からバレていたのだ。美久の特殊な事情を考慮して、一時的に匿うことを許されていたという。そんなことも知らず、善春はセックスしてしまった。

(俺、最低だな……)

罪悪感がこみあげて胸が苦しくなる。それでも、なんとか顔に出さないように奥歯をグッと嚙んでこらえた。

「善春くん、二度と隠しごとはしないで」

あらたまった感じで言われて、善春はこくりとうなずく。しかし、そう言われて、心にひっかかるものがあった。

(ねえさんは、俺に隠しごとをしてるよね)

胸底でぽつりとつぶやいた。

このマンションは普通と違っている。そのことを説明してもらったことは一度もなかった。

善春も触れてはいけない気がして、深く尋ねることはしていない。両親を亡くしたことで、養ってもらっているという引け目もあった。子供のころから、兄夫婦を困らせてはいけないと思って暮らしていた。だから、不思議に思っても聞くことができなかったのだ。

それにしても、このマンションはおかしなことが多い。

入居者は柄の悪いワケありばかりだ。それなのにマンション内での諍いはほとんどない。厳しい規約があるとはいえ、妙な気がする。管理人助手の猪生がにらみを利かせているせいだろうか。

(それに、ねえさんも……)

いちばん気になるのは香澄のことだ。

穏やかな性格のやさしい女性だが、なにがあっても動じることがない。亡き夫から管理人の仕事を引き継いだ責任感があるからだろうか。それにしても肝が据わっているのが意外だった。

でも、いつか香澄が危険な目に遭うのではないか。真実を知らないままでいいのだろうか。

「約束するよ」

善春は逡巡したすえにつぶやいた。

「二度と隠しごとはしない。だから、ねえさんも話してくれませんか。このマンションのこと、ずっと隠してますよね」

「なにも隠していないわ」

香澄は視線をすっとそらしてしまう。その瞬間、本当のことを言うつもりはないのだとわかった。

「ねえさん、どうして……」

「わたしは、貞幸さんにあなたを託されたの」

香澄が苦しげな声でつぶやく。

兄の貞幸も謎が多かった。寡黙な男で、善春にやさしい言葉をかけたことなど一度もない。それでいながら、大切にされている気はした。

腹違いの兄弟で、血は半分しかつながっていない。それでも、善春にとってはたったひとりの肉親だ。兄も同じように思っていたのではないか。今となっては確認する術はないが、心の絆は感じていた。

――俺になにかあったときは、善春のことを頼む。

常日頃から貞幸はそう言っていたという。

ふだんから身の危険を感じていたのではないか。このマンションの管理人という仕事は、それだけ危険をともなうものなのかもしれない。だが、それより気になることがあった。

「ねえさんは、兄さんに頼まれたから、俺の面倒を見てるだけなんだね」

「そ、そういうわけでは……」

香澄が小声で否定する。

しかし、視線を合わせてくれない。そのことがショックで、善春の心はどんどん乱れていく。

「いいよ、別に無理しなくても……最初からわかってたことだから……」

「善春くん……」

「仕方なく養ってるだけで、本当は俺のことが邪魔なんだろ。でも、俺は……俺は……」

喉もとまで出かかった言葉を呑みこんだ。

——俺はねえさんのことが好きなんだ。

心のなかでつぶやくが、口に出すことはできない。

それを言ってしまったら、すべてが終わってしまう気がする。なにしろ、自分たちは姉弟なのだ。血はつながっていなくても、決して結ばれてはならない関係なのだ。

「邪魔だなんて、そんな……」

香澄の声はどんどん小さくなっていく。顔をうつむかせたまま、決してこちらを見ようとしなかった。

「だから、無理しなくてもいいよ。俺なんて邪魔に決まってるんだ」

自分でも驚くほど投げやりな口調になっている。想いを伝えられないもどかしさが、善春を苦しめていた。

「邪魔だなんて、思ったことはないわ」

「じゃあ、どうして俺を見てくれないんだよ」

つい声が大きくなってしまう。

香澄が驚いたように肩をビクッとすくませる。そして、顔をゆっくりあげると善春の顔に視線を向けた。

「だって……貞幸さんに似てるから」

消え入りそうな声だった。

「俺が、兄さんに……」

これまで誰にも言われたことはない。

自分でもあまり似ていないと思っていた。おそらく、血が半分しかつながっていないせいだろう。ところが、香澄は懐かしそうな目になり、善春の顔をじっと見つめていた。

「顔の輪郭とか、眉の形とか、それに目も……」

「な、なんで、急に……」

意外な言葉に動揺してしまう。今度は善春が視線をそらす番だった。

「ただ顔が似てるだけじゃないか」

「顔だけじゃないわ。やさしいところもそっくりよ」

「そういうことじゃないよ。俺は……俺は、ねえさんのことが好きなんだっ」

勢いのまま告白する。

言った瞬間に失敗したと思うが、なかったことにはできない。香澄は目を見開いて言葉を失っている。亡き夫の弟に想いを告げられて、困惑しているのは明らかだ。あってはならないことに動揺しているはずだ。

もう、ここには住めない。こうなってしまった以上、今までの関係には戻れない。マンションを出ていくしかないと思ったそのときだった。

「わたしだって……」

香澄がぽつりとつぶやいた。

「えっ、それって……」

いったい、どういう意味だろうか。

善春の気持ちに同意してくれたように取れる。しかし、そんなことはあり得ないという思いが湧きあがった。

「ね、ねえさん……俺のこと……」

確認したくて問いかける。すると、香澄が再び顔をうつむかせた。

「何度も言わせないで……」

恥ずかしげにつぶやき、横顔が見るみるまっ赤に染まっていく。

その反応を目にして、ふたりの気持ちは同じだと確信する。信じられないことに、香澄は善春のことを男として想っていたのだ。

「ねえさんっ」

肩に手をまわして抱き寄せる。香澄はいっさい抗うことなく、善春の胸に寄りかかった。

勢いのまま唇を重ねれば、香澄は顔を上向かせて受けとめる。だから、遠慮することなく、柔らかい唇の感触を堪能する。香澄の唇は今にも蕩けそうで、こうして触れているだけでも気持ちが高揚してくる。

（まさか、ねえさんと……）

こんな日が来るとは思いもしなかった。

何百回も想像していたことが現実になっている。いつかキスしたいと願っていたが、それは決して叶わないとあきらめていた。それなのに、今こうして唇を重ねているのだ。

（俺、本当に……）

夢なら覚めないでくれと本気で願う。この時間が永遠につづけばいいと心から思った。

ところが、穏やかな時間は終わりを迎える。香澄が唇をわずかに離した。

「善春くん……いけないわ」

熱い吐息が溢れ出て、善春の唇の表面をやさしく撫でる。

小声でつぶやくが、身体は離そうとしない。善春の胸に寄りかかったまま、濡れた瞳で見あげていた。

4

「ンっ……ダメ」

再び唇を重ねれば、香澄は小さな声を漏らす。

しかし、されるがままで、睫毛をそっと伏せていく。善春を押しのけるわけでもなく、まるで口づけをねだるように顔を上向かせていた。

（いいんですね……）

受け入れてくれるから、善春の気持ちは加速する。

舌を伸ばして唇の表面に這わせて、合わせ目に押し当てた。すると、香澄はほんの一瞬、唇を強く閉じるが、すぐに力を緩めて半開きにする。その隙（すき）を逃さず舌をヌルリッと侵入させた。

らみ合っていく。

「ンンっ……」

香澄の眉が困ったような八の字になる。

それでも、いっさい抵抗することはない。それどころか遠慮がちに舌を伸ばして、善春の舌にそっと触れる。自然とディープキスになり、ふたりの舌が深くからみ合っていく。

「ね、ねえさん……うむっ」

「はンっ、善春くん……」

名前を呼ばれるたびに、気持ちがどんどん盛りあがる。

舌の粘膜がヌルヌル擦れて、ふたりの唾液がまざり合う。試しにやさしく吸いあげれば、彼女も吸い返してくれる。甘い唾液を飲みくだせば、香澄も善春の唾液を嚥下した。

互いの味を確認することで、確実に距離が縮まっていることを実感する。顔を右に左に傾けて、互いの口内をねちっこくかきまわす。熱い想いがこみあげることで、ディープキスはより濃厚なものへと変化した。

「はンっ……はあンっ」

香澄の鼻にかかった声が、牡の欲望をかきたてる。

善春は唇を重ねたまま、右手をブラウスの乳房のふくらみに伸ばす。そっと揉みあげれば、女体が微かにピクッと反応する。しかし、香澄がいやがっている感じはない。それならばと、ゆったり揉みつづけた。

ところが、ブラジャーのカップが邪魔で、乳房の感触がわからない。ブラウスのボタンを上から順にはずしていく。やがて前がはらりと開いて、白いブラジャーに包まれた乳房が露出した。

「これ以上は……」

香澄は唇を離すと困惑の声を漏らす。

だが、清純そうな白のブラジャーを目にしたことで、善春の欲望はますます高まっている。こんなところでやめられるはずもなく、背中に手をまわして、ブラジャーのホックをはずす。

「あっ……」

香澄の小さな声と同時に、カップが上方に弾け飛ぶ。そして、双つのたっぷりした乳房が勢いよくまろび出た。

(す、すごい、これがねえさんの……)

善春は思わず両目を見開いて凝視する。

夢にまで見た兄嫁の乳房が、目の前で揺れているのだ。白くてなめらかな肌が見事なふくらみを形成している。均整の取れた釣鐘形の乳房で、先端で揺れる乳首は愛らしい薄紅色だ。

「ダメ……見ないで」

香澄の恥じらう声も欲望を刺激する。

震える手を伸ばして、まるみを帯びた乳房に重ねていく。軽く触れただけでシルクのような肌触りに陶然となる。指先をほんの少し曲げれば、柔肉のなかにズブズブと沈みこんだ。

「おおっ……」

思わず唸るほど柔らかい。

男の体では考えられない感触だ。慎重に揉みあげれば、香澄は恥ずかしげに腰をよじらせる。

「はンンっ……い、いけないわ」

困ったようにつぶやくが、本気で抗うことはない。だから、善春は遠慮することなく、双つの乳房を交互に揉みしだいた。

さらに指先を滑らせて、頂点で揺れる乳首をそっと摘まむ。とたんに感電したような震えが女体に走り抜けた。

「あンンッ」

香澄の唇が半開きになり、甘い声が溢れ出す。

それでも乳首をクニクニと転がせば、腰を右に左にくねらせる。感じているのは明らかで、顔がピンク色に染まっていく。乳首はグミのように硬くなり、善春の指を押し返した。

「もう、こんなに……」

敏感に反応してくれるから、愛撫にますます熱が入る。硬くなった乳首を指先でじっくり転がしては、香澄が恥ずかしがる顔を楽しんだ。

「そ、そこばっかり……ああンっ」

「乳首が好きなんですね。ほら、すごく硬くなってますよ」

「だ、だって、あンっ……ひ、久しぶりだから」

香澄が喘ぎまじりにつぶやく。

四年前に夫を亡くして以来、独り身を貫いている。管理人の仕事に没頭しており、愛猫の貞幸さんだけを愛していた。善春が見ている限り、男の気配はいっさい感じなかった。

（やっぱり、ずっとひとりだったんだ）

男がいなかったことを確信して安堵する。

善春が思っていたとおり、香澄は一途な女性だ。たぶん、いまだに兄のことを忘れられずにいる。それでも、こうして善春を受け入れてくれたのだ。これほどうれしいことはなかった。

（いつか、俺だけを……）

兄のことを思い出にして、いつか自分だけを見てほしい。

そんな日が来るように、愛撫にますます熱をこめる。乳房をゆったり揉みあげては、乳首をキュッと摘まむ。それを何度もくり返せば、女体のくねりかたがどんどん大きくなってくる。

「ああっ、そ、そんなにされたら……」

「兄さんの代わりにはなれないけど……俺はねえさんのこと、本気で……」

熱い想いが次から次へとこみあげる。

香澄とひとつになりたい。そして、香澄を自分だけのものにしたい。もう、この燃えるような気持ちは誰にもとめられない。フレアスカートに手をかけると一気に引きおろす。ストッキングははいておらず、白いパンティに覆われた股間が露になった。

「ま、待って……」

香澄が慌てた声を漏らした。

スカートを脱がされてパンティ一枚になったことで、我に返ったらしい。内腿をぴったり閉じて、右手で乳房を、左手で股間を覆い隠す。しかし、そうやって恥じらう仕草が、牡の欲望に火をつける。

「俺、ねえさんのこと、ずっと……ねえさんっ」

もう、自分の気持ちを抑えるつもりはない。

女体をソファに押し倒すと、パンティに手を伸ばす。香澄は股間から手を離さないが、構うことなく引きさげてつま先から抜き取った。

「ああっ、ダメよ」

なおも股間を隠そうとする香澄の手を引き剝がすと、漆黒の陰毛がそよぐ恥丘が露になる。

夫を亡くしてから、誰にも見せる機会がなかったのだろう。陰毛は整えられた気配がなく、自然な感じで茂っている。そこに未亡人の悲しみが滲んでいるようで、同情するとともに欲望が刺激された。

（これからは、俺が……）

善春も服を脱ぎ捨てて裸になる。

ペニスはすでに屹立（きつりつ）しており、臍（へそ）につくほど反っている。亀頭は破裂寸前までふくらんで、太幹には稲妻のような血管が浮かんでいた。

「す、すごい……」

香澄が驚きの声を漏らす。顔を覆った両手の指の間から、男根をチラチラと見ている。そして、耳までまっ赤に染めあげた。

「どうして、そんなになってるの」

「ねえさんのことが好きだから……」

善春は答えながらソファにあがり、女体に覆いかぶさる。

さすがに座面が狭いが、そんなことは関係ない。とにかく、一刻も早くひとつになりたい。その思いだけで、兄嫁の膝を左右にグッと割り開いた。

「ああっ……」

香澄はか弱い声を漏らすと、両手で自分の顔を覆った。

股間を隠しても、すぐに手を剥がされると思ったのだろうか。それとも、多少なりとも見られたい気持ちがあるのだろうか。もしかしたら、最後までいく覚悟が決まったのかもしれない。とにかく、香澄は股間を隠さず、まっ赤に染まった顔を両手で覆っていた。

(ね、ねえさんの……ア、アソコが……)

卑猥な単語を脳裏に浮かべるだけで、全身がカッと熱くなる。

女の秘めたる部分が剝き出しだ。白い内腿の中心部に、鮮やかなサーモンピンクに陰唇が見えている。陰唇がきれいな形を保っているのは、経験が少ない証拠ではないか。しかし、乳房と乳首への執拗な愛撫で興奮したのか、透明な華蜜でヌラヌラと濡れ光っていた。

「お、俺、もう……ねえさんっ」

亀頭を陰唇に押し当てる。しっかり狙いを定めて、膣口にクチュッと浅く埋めこんだ。

「あううッ……そ、そんな、いけないわ」

この期に及んで、香澄は抗いの言葉を漏らす。

両手を伸ばして善春の胸板にあてがう。しかし、本気で押し返しているわけではない。抵抗は形ばかりで、膣口はうれしそうにカリ首をギリギリと締めつけていた。

「これ以上は……わたしたち、姉弟なのよ」

心の片隅に罪悪感があるのかもしれない。しかし、身体はしっかり反応している。膣から大量の華蜜が溢れて、亀頭をぐっしょり濡らしていた。

「でも、俺はねえさんのことが好きなんだ」

「ああっ、言わないで……」

そう言いつつ、膣口がさらに収縮する。カリ首にめりこんで、ざわめく膣の襞（ひだ）が亀頭の表面を這いまわった。

「ううッ、す、すごいっ」

善春は体重を浴びせるようにして、亀頭をズブズブと押しこんでいく。媚肉をかきわけながら進み、ついに根もとまでぴっちり挿入した。

「あううッ、こ、こんなに奥まで……」

背中を反らして、ブリッジするような体勢になっている。膣道が思いきり締まり、肉棒全体を絞りあげていた。

「し、締まってます……ね、ねえさんのアソコが……」

「ウソ……そんなのウソよ」

すかさず香澄が否定するが、膣はしっかり男根を食いしめている。こうしている間もウネウネと蠢き、肉棒を奥へ奥へと引きこんでいた。

「す、すごく動いてます……た、食べられてるみたいです」

「い、いやよ、言わないで……」

指摘されるのが恥ずかしいのか、顔を左右に振りたくる。しかし、結合部分の隙間から、新たな華蜜が溢れ出していた。

「う、動きたい……動いていいですか」

尋ねておきながら、返事を待たずに動き出す。

腰をゆったり振って、ペニスをスローペースで出し入れする。カリで膣壁を擦りあげては、再び亀頭の先端で深い場所を圧迫した。

「あッ……あッ……ゆ、ゆっくり」

香澄の唇からとまどいの声が漏れる。

久しぶりのセックスで、快感が押し寄せているらしい。しかも、亡くなった夫の弟との肉交だ。一往復ごとに、背徳的な愉悦が湧きあがっているらしい。膣の締まりがどんどん強くなっていた。

「おおッ、し、締まるっ」

「あううッ、ふ、深い……深いの」

香澄が訴えるようにくり返し、善春の胸板にあてがっていた両手を腰へと移動させる。そのまま尻を抱えこんで、たまらなそうに撫でまわす。まるでピストンを味わうような手の動きだ。

(俺、ねえさんと……ねえさんとセックスしてるんだ)

抑えきれない悦びがこみあげる。

こうしてつながっていることが、うれしくてならない。腰をゆったり振ることで、快感のさざ波が押し寄せる。膣のなかで我慢汁が溢れて、瞬く間に射精欲が盛りあがった。

「くううッ、き、気持ちいいっ」

自然とピストンが加速する。力強くペニスを出し入れすれば、香澄の悶えかたも激しくなった。

「ああッ、は、激しいわ、あああッ」

「ねえさんっ、おおおッ」

上半身を伏せて、身体を密着させる。胸板で乳房を圧迫すると、プニュッという柔らかい感触が伝わった。

「あンっ、善春くん……」

善春がしっかり抱きしめれば、香澄も下から両手をまわしてくれる。背中に彼女の手を感じて、ますます気分が高揚してくる。抽送速度がアップして、快感が一気に跳ねあがった。

「おおおおッ、すごいっ」

「ああッ、い、いいっ、あああッ」

「お、俺もですっ、くおおおおッ」

欲望のままに腰を振り、女壺の熱い感触を堪能する。射精欲が急速に盛りあがるのを感じながら、ペニスを力強く出し入れした。

「ああッ、ああッ、い、いいっ、気持ちいいっ」

いつしか、香澄も手放しで喘いでいる。

久しぶりのセックスに溺れて、大量の愛蜜を垂れ流す。善春の背中に爪を立てて股間をしゃくり、今にも昇りつめそうな雰囲気だ。ペニスを突きこまれるたびに、結合部分から湿った蜜音が響きわたった。

「おおおッ、も、もうっ」

「はあああッ、わ、わたしも……」

ふたりは息を合わせて腰を振り、絶頂の急坂を駆けあがっていく。善春がピストンすると、香澄は股間をクイクイとしゃくりあげる。ふたりの動きが一致することで、ついに絶頂の大波が押し寄せた。

「くおおおッ、ね、ねえさんっ、で、出るっ、ぬおおおおおおおッ！」

ペニスを根もとまでたたきこみ、思いきり精液をぶちまける。

熱い媚肉がうねるなかで射精するのは最高の快楽だ。膣道がうねり、男根を奥へと引きこんでいく。尿道まで絞りあげられて、精液を吸い出される錯覚に囚われる。その結果、快感は二倍にも三倍にもふくれあがった。

「はあああッ、い、いいっ、ああああッ、はああああああああッ！」

香澄も艶めかしい声を振りまき、昇りつめていく。

両手を善春の背中にまわして、しっかり抱きつきながら快楽に溺れている。ふだんの穏やかな姿からは想像できないほど淫らなよがり声をあげて、根もとまで呑みこんだペニスを締めつけた。

（ねえさんのなかで……）

間違いなく人生で最高の射精だ。

愛する人の奥深くに欲望を注ぎこむ。しかも、ふたり同時に達することで、身も心もひとつになったような感覚を味わった。

「善春くん……」

香澄が濡れた瞳で見つめている。顎を少し持ちあげて、キスをねだるように唇をとがらせた。

「ねえさん……好きだ」

善春が唇を重ねれば、どちらからともなく舌をからめてディープキスに発展する。性器をつなげたままの口づけで、一体感がより深まった。

第四章　真実を知っても

1

気持ちひとつで世界が変わって見えた。

アスファルトに咲くタンポポも、蠢く歌舞伎町の雑踏も、ビルの隙間から見える夕日に染まった空も、すべてが美しく感じるから不思議なものだ。

(ねえさん……か、香澄さん)

心のなかで名前を呼ぶだけで、顔がカッと熱くなる。

いつか「香澄」と呼び捨てにしてみたい。香澄は頬を染めて「はい」と返事をしてくれるだろうか。そんな新婚夫婦のような生活を想像すると、ついつい頬が緩んでしまう。

香澄と関係を持ってから十日ほど経っていた。

想いが通じたことで、かつてない幸せを感じている。こういうのを心の平穏というのかもしれない。思えば両親を亡くして兄夫婦に引き取られてから、ずっと落ち着かない日々を過ごしていた。

サンセットマンションでの暮らしが不満だったわけではない。しかし、癖の強い入居者ばかりで、なかなかなじめなかったのも事実だ。

だが、今は最高の幸せを嚙みしめている。自分の人生にこんな日が訪れるとは思いもしなかった。

こうして大学からの帰り道、ただ自転車に乗っているだけでも楽しい。あと数分でマンションに着く。一刻も早く香澄に会いたくて、ペダルを漕ぐ足に力がこもる。

あの日以来、ふたりきりになる時間はなかった。

今後のことはなにも決まっていない。互いの気持ちはわかっているが、義理の姉弟という関係だ。まだうしろめたさがあり、ふたりにとって身近な存在である猪生にも秘密にしていた。

それでも、気持ちは常につながっていると感じている。管理人室の前を通るとき、目が合えば香澄はやさしく微笑んでくれる。それだけで胸が熱くなり、幸せを実感できた。

(今夜あたり、誘ってみてもいいかな……)

やはり、ふたりきりの時間がほしい。

善春の部屋で食事をするのはどうだろうか。そのあと、できれば泊まってもらいたい。そして、熱い夜を過ごしたい。

(そうだ。ワインでも買っておくか)

すでに歌舞伎町の雑踏を抜けている。

戻って酒屋に寄ろうと思ったとき、路地を走ってきた白いワゴン車が目の前で急停車した。

(うわっ、危ないな……)

むっとして心のなかでつぶやく。

その直後、後部座席のスライドドアが勢いよく開き、黒ずくめの三人の男が降り立った。

わけがわからないまま、あっという間に取り囲まれる。ひとりが自転車のハンドルを押さえて、別のひとりが、善春の肩をつかむ。そして、もうひとりが反対側から手首を握った。

「な、なんですか」

善春は思わず声をあげるが、男たちは終始無言だ。強引に自転車から降ろされて、自転車がガシャンッと倒れた。

「ちょ、ちょっと……」

そのままワゴン車に連れこまれそうになる。恐ろしくなって暴れるが、三人がかりでは敵わない。それでも、必死になって抵抗した。

「は、放せっ……だ、誰か、助けてくださいっ」

大声をあげると、いきなり顔面を殴りつけられる。唇の端が切れて、口のなかに鉄の味がひろがった。さらに腹を殴られて息がつまる。その一発で声を出せなくなり、抵抗力を失った。

ワゴン車の後部座席に押しこまれて、スライドドアが閉じると同時に頭に黒い布袋をかぶせられた。さらに両腕を背後にひねりあげられる。手首に冷たい物が触れて、ガチャッと金属的な音がした。

もしかしたら、手錠をかけられたのではないか。その直後、タイヤの鳴る音が聞こえて、ワゴン車が急発進するのがわかった。

(こ、これって、拉致じゃないか……)

テレビのドラマで、こんなシーンを見たことがある。

しかし、現実に起きるとは驚きだ。しかも、まさか自分が拉致されるとは思いもしなかった。

腹を殴られた痛みが徐々に引き、なんとか声を出せる状態になる。しかし、恐怖が先に立ち、なにも言うことができない。男たちを怒らせて、また殴られるのが怖かった。

(どうして、俺が……)

拉致される理由がわからない。

こういう場合、まっ先に思い浮かぶのが身代金目的だ。だが、善春は両親を亡くして兄嫁に養われている身だ。そんな自分が狙われるとは思えない。もしかしたら、人違いで拉致されたのではないか。

(いや、待てよ……)

数日前、黒松が持ってきたアタッシュケースのことを思い出す。

あれは大金だった。五千万円はあったのではないか。あの金の存在を知っている者がいたら、奪おうと考えてもおかしくはない。

懸命に考えている間も、ワゴン車は走りつづける。いったい、どこへ向かっているのだろうか。視界を奪われているせいか、それとも恐怖のせいなのか、時間の感覚も麻痺(まひ)していた。

やがてワゴン車が停車する。目的地に到着したのだろうか。なにをされるのかと思うと、新たな恐怖が湧きあがる。

「こ、ここは、どこですか……」

殴られるかもしれないが、尋ねずにはいられない。

しかし、男たちは黙りこんでいる。スライドドアの開く音がして、両脇を支えられながら降ろされた。頭に布袋をかぶせられたままで、なにも見えない。いったい、ここはどこだろうか。

周囲は静かで、鳥のさえずりが聞こえる。車の走行音や雑踏のざわめきなどは聞こえない。心なしか空気がきれいな気がする。都心部から離れているのは間違いない。

少し歩かされて、引き戸を開閉する音が聞こえた。

どこかの建物に入ったらしい。スニーカーを脱がされて、玄関らしきところをあがる。もしかしたら、一軒家かもしれない。再び両脇を抱えられたまま、しばらく歩かされる。長い廊下のようだ。これが一軒家だとしたら、かなりの豪邸に違いない。

靴下の裏に触れていた床の感触が、硬いものから柔らかいものに変化する。どうやら、畳の部屋に入ったらしい。両脇の男が急に立ちどまり、善春の足も自然にとまった。

2

「袋を取ってやれ」

男の嗄れた声が聞こえる。

その直後、頭の布袋が抜き取られて、眩さに目を閉じる。蛍光灯の光が刺すようで、一時的に視界が奪われた。

「くっ……」

手錠もはずされて、両腕が自由になる。徐々に目が明るさに慣れると、ゆっくり瞼を開いてあたりを見まわした。

（ここは……）

善春は和室に立っていた。

三十畳はありそうな広い和室だ。床の間に枯山水が描かれた掛軸がかかっていて、その前に大きな壺が置いてある。欄間には昇り龍や桜などの繊細な彫刻が施されていた。

そして、目の前に布団が敷いてあり、浴衣姿の老人が胡座をかいている。白髪で体はそれほど大きくないが、背すじがまっすぐ伸びており、目力が常人離れしているせいか強烈な威圧感があった。

(だ、誰だ……)

思わずあとずさりしそうになる。

背後に視線を向けると、スーツを着た五人の男が立っていた。いずれも体格がよく、目つきがやけに鋭い。善春が逃げないように見張っているのだろうか。ひと目で太刀打ちできないと観念した。

「善春よ」

老人が口を開いた。

名前を呼ばれた瞬間、心臓がすくみあがる。人違いではなく、善春を狙って拉致したのだ。いったい、なにが目的なのだろうか。

「もっと近くに来い」

決して大きな声ではないが、腹に響く重みがある。聞き流すことができず、善春は一歩だけ歩み寄った。

「わしは蔵間影尚……」

老人が静かに名乗る。

それが本名なら、善春と同じ苗字だ。いったい、何者なのだろうか。いやな予感が急速にふくらんでいく。逃げ出したい衝動に駆られるが、背後には目つきの悪い男たちが控えている。

「善春、わしはおまえの父親だ」

影尚と名乗った老人の顔に、凄絶な笑みが浮かんだ。

意味がわからず、口をぽかんと開けてしまう。よりによって、この老人はなにを言い出したのだろうか。あまりにも現実味のない話で、反論する言葉も浮かばない。

「大きくなったな。わしにそっくりではないか」

影尚が満足げに何度もうなずく。懐かしげに目を細めて、善春の顔をまじまじと眺める。

「ち、違う……父さんじゃない」

善春はようやく切り出すと、首を左右にゆるゆる振った。

八歳のときに母親を交通事故で亡くしている。父親はそれより前に心臓の病で他界していた。父親のことは、いっさい記憶にない。写真も残っておらず、善春は父親の顔を知らないまま育ったのだ。

「心臓の病と聞かされていたのだろう。だが、ほれ、このとおり生きておる」

影尚がまたしても笑う。

その顔を見て、善春はなにも言えなくなってしまう。亡き兄、貞幸の面影が重なったのだ。

（ほ、本当に、父さんなのか……）

頭のなかが混乱している。

なにが起きているのかわからない。だが、影尚の笑った顔が、どことなく貞幸に似ている気がする。だからといって、影尚の言葉を信じたわけではない。どういうことなのか、さっぱり理解できなかった。

「おまえは嘘を聞かされていたのだよ。わしが、おまえの母親にそうやって育てるように命じたのだ」

「ど、どうして、そんなことを……」

「おまえが愛人との間にできた子だからだ」

影尚は静かな口調で語りつづける。

「おまえの母親は、わしの愛人だった。わしには正妻がいた。だから、わしは死んだことにしたのだよ」

「そ、そんな……」

にわかには信じがたい。

やさしかった母親が、この老人の愛人だったというのか。善春は受け入れることができず、首を左右に振りつづける。

「でも、俺の苗字は……母さんがあなたの愛人なら、苗字は違うはずじゃないですか」

「将来、おまえにもわしの仕事を手伝ってもらうつもりでいた。それを見こんで、籍に入れて苗字を同じにしたのだ。この世界はなにより信用が大事だからな」

なにを言っているのか、さっぱりわからない。胸のうちで不安ばかりがふくらんでいく。

本当に母親が愛人だったのなら、少しくらい援助をしてくれてもよかったのではないか。母親はパートをいくつもかけもちして、苦労しながら善春を育ててくれたのだ。それなのに交通事故であっさり亡くなってしまった。影尚が援助をしてくれていたら、もう少しましな生活が送れたのではないか。

「ウソだ……全部ウソに決まってる」

信じたくない。こんな男が父親とは認めたくなかった。

「ウソではない。おまえの兄、貞幸は正妻との間にできた子だ。わしの後継者になるはずだった」

そこで影尚はいったん言葉を切った。

「だが、不幸な事故で……」

顔をしかめて、絞り出すような声になる。

演技をしているようには見えない。息子を亡くした悲しみが滲んでいる。それを見て、善春も兄を亡くしたときの悲しみを思い出した。

「妻を病気で亡くした直後だった。まさか、貞幸まで逝ってしまうとは……」

影尚はなにかをこらえるように奥歯を強く嚙みしめる。

どうやら、正妻も亡くしているらしい。愛人だという善春の母親も、事故でこの世を去っている。多くの悲しみを背負って生きているから、言葉に重みが感じられるのかもしれない。

（この人、本当に……）

まだ信用はできないが、すべてが嘘ではないようだ。

少なくとも、貞幸の父親というのは真実だと思う。影尚が抱えている胸が引き裂かれるような悲しみが垣間見えた。

だが、先ほど影尚は「後継者」と言った。

この老人がどんな仕事をしているのか知らないが、跡を継ぐ予定だったというのだろうか。

「兄さんは、なにも言っていなかった。俺はあなたのことを、なにも聞いていません」

やはり信用できない。

貞幸は寡黙な人だったが、まじめな性格だった。それほど大事な話があるのなら、善春にも話してくれたのではないか。

「貞幸は、わしの仕事を嫌っていた。だから、おまえにはなにも話さなかったのだろう」

影尚は穏やかな口調で語りつづける。

「わしは、不動産会社、飲食チェーン、商社などを経営している。だが、そんなものは表向きの顔にすぎない。政財界と裏で深いつながりを持っている。わしのひと言で、億単位の金が動く。大臣の首をすげかえることも簡単だ」

いったい、なにを言い出したのだろうか。

荒唐無稽な話だが、影尚の目は真剣そのものだ。背後の男たちは直立不動で聞いている。影尚の言葉を当然のこととして受け取っているようだ。

「だからといって、好き勝手をするわけにはいかない。権力を握った者の責任がある。バランスを見ながら、裏で日本経済をコントロールする。それがわしの本業だよ」

妙な説得力があるのは、話が真実だからだろうか。

影尚は政財界を裏で牛耳っているらしい。裏社会のさまざまな問題を解決してきたことで、フィクサーとして恐れられるようになったという。

「その仕事を、兄さんに……」

「うむ……だが、貞幸はわしの仕事を嫌っていた。いや、わしを嫌っていたのかもしれないな」

意外なことに、影尚は自嘲的につぶやくと淋しげにふっと笑った。

「じゃあ、あのマンションは……」

兄はサンセットマンションの管理人をしていた。

どう考えても普通のマンションではない。影尚が経営にかかわっているのは明白だ。

「あれは不動産業のいったんにすぎない。ワケありの人間が住む特殊なマンションだ。暴力行為は御法度の中立地帯にすれば、いろいろと利用価値がある。裏社会の連中に恩を売れるし、情報収集もできるというわけだ」

影尚は自慢げに語りつづける。

億単位の金を動かす男だ。あのマンションは儲けが目的ではなく、裏社会とのつながりや情報収集のために経営していたらしい。

「あそこは社会の縮図のようなところでもあるから、修業のためと思って貞幸に管理人をやらせていた」

「でも、兄さんはいやがっていたんじゃ……」

「おまえのためだよ」

影尚は右手を伸ばすと、善春の顔を指さした。

「貞幸があまりにも拒絶するから、わしは善春を後継者にすると言った。すると、あいつは善春が二十歳になって、自分で決められるようになるまで巻きこむなと言い出した」

「兄さんが、そんなことを……」

「まだ会ったこともない弟のおまえに同情したのだろう。なにしろ、父親がこのわしだからな。いやな思いも多かったのではないか……」

影尚の声が小さくなる。

こんな男でも、息子のことはかわいく思っていたらしい。言葉の端々に後悔や無念が滲んでいた。

「わしは貞幸の出した条件を呑む代わりに、マンションの管理人をやるように命じた。将来、後継者にする夢をあきらめていなかったから、修業をさせるつもりだった」

ところが、貞幸は不慮の事故で帰らぬ人となった。

貞幸が善春を守ろうとした気持ちも、影尚が貞幸を後継者にしようとした計画も、すべてが水泡に帰したのだ。

「わしは貞幸との約束を守った。おまえが二十歳になるまで待っていた。そして、この場を設けたというわけだ」

「だったら、こんな誘拐みたいな真似（まね）をしなくても……」

「正面から訪問していたら、おまえは会ってくれたか」

そう言われると、確かにわからない。怪しいと思って、話を聞く以前に拒絶していたかもしれない。

「それに、わしもこんな体だから、移動がきつくてな……」

影尚がふっと淋しげに笑った。

もしかしたら、どこか悪いのかもしれない。だから、浴衣姿で寝所にいるのではないか。

「わしの仕事を継いでくれないか」

「きゅ、急に言われても……」

とてもではないが、引き受けられない。裏社会にかかわる仕事など、自分に務まるはずがない。

「まずはマンションの管理人からだ。それならできるだろう」

「管理員なら、ねえさんが……」

「香澄か。あいつは別のところに飛ばせばいい」

影尚の投げやりな口調が気になった。

考えてみれば、あのマンションは影尚の持ち物だ。そこで働いている香澄のことを知っているのは当然のことだ。

「もう、あいつは使いものにならん」

いやな言いかただ。人のことを物としか思っていないのだろうか。

「どうして、そんなことを言うんですか」

つい口調が強くなってしまう。大切な人を蔑ろにされて、聞き流すことはできなかった。

「ほう、あれのことが気になるのか」

影尚が驚いたように目を見開く。あれというのは香澄のことだ。その言いかたに、またしても腹が立った。

「おまえは、なにもわかっていないようだな」

影尚は小さく息を吐き出してから語りはじめる。

「香澄はもともとわしのもとで、工作員として働いていたのだよ。この世界はきれいごとばかりではない。裏の仕事をあいつにまかせていたのだ」

香澄は孤児で施設育ちだという。

それを影尚が拾って、工作員に育ててあげた。諜報と裏工作で、影尚を支えてきたらしい。

格闘技の訓練も受けており、必要とあれば相手を容赦なく打ちのめすこともある。その美貌からは想像できないほど冷酷で、敵対した者は血も凍る恐怖を味わうことから「氷血の女神」と呼ばれて恐れられていた。裏社会では知らぬ者はいないという。

（ねえさんに、そんな過去が……）

善春は声も出せないほどショックを受けていた。

あのやさしい香澄が格闘技の訓練も受けていたとは信じられない。

ふと、二年前の地下駐車場での出来事を思い出す。善春が駆けつけたとき、すでに十五人の男たちが倒れていた。てっきり猪生の仕業だと思ったが、あれは香澄がやったのかもしれない。

——おまえたちの敵う相手じゃない。

黒松の言葉が耳の奥によみがえる。

ふたりのボディガードに告げたのは、やはり猪生ではなく香澄のことだったのではないか。

「貞幸を護衛するために、香澄と猪生をつけたのだ。あのマンションは中立地帯とはいえ物騒だからな」

影尚はそう言って、小さく息を吐き出した。

ところが、香澄は貞幸と恋に落ちて結婚した。愛し合うことで、人間らしさを取り戻したのだろう。マシンのように冷酷だった香澄は、やさしい女になったという。

「人を好きになったことで、あいつは弱くなった」

影尚は残念そうにつぶやくが、本当にそうだろうか。

愛を知ったことで、人間的にはさらに強くなったのではないか。実際のところはわからないが、香澄が弱い人には思えない。

「香澄のことを好いておるのか」

「そ、それは……」

いきなり核心を突かれて言いよどむ。そんな大切なことを、信用できない男に打ち明ける義理はない。

（俺はやっぱり、ねえさんのことが……）

秘密を知っても惹かれる気持ちに変わりはない。

それどころか、つらい過去を背負っていると知り、なんとかしてあげたいとさえ思う。自分になにができるかはわからない。香澄の壮絶な過去を思うと、無力感に苛(さいな)まれる。

(それでも、俺はねえさんが好きなんだ)

心のなかでつぶやくことで、自分の気持ちを再確認する。そして、香澄への想いが、より強固なものに変化するのを実感した。

「言いたくなければそれでよい。とにかく、おまえがマンションの管理人を継がなければ、香澄の立場が悪くなるぞ」

なんとしても、善春を後継者に育てたいのだろう。影尚は卑怯な脅し文句を口にしてまで、マンションの管理人になるように迫った。

「ねえさんの立場が悪くなるって……どういうことですか」

いやな予感がこみあげる。

自分の目的を達するためなら、手段を選ばない気がする。善春は膝が震えそうになるのを懸命にこらえて質問した。

「いいか、善春、世のなかには、どんなに望んでも、思いどおりにならないことがある。大きなうねりに身を投じなければならないときがある。強大な力を前にしたとき、人はあまりにも無力だ。おまえには最初から決定権などない。わしの言うことに従うしかないのだ」

裏社会を牛耳ってきた男の言葉は重みが違う。善春はなにも返すことができずに固まっていた。

3

背後で微かな物音がして振り返る。すると、五人いた男のうち、ふたりが床に倒れていた。

「あれ……」

善春は思わず首をかしげる。

なにが起きたのか理解できない。目の前の光景はしっかり見えているが、あまりにも予想外の出来事に頭がついていかない。驚くより先に、不思議に思う気持ちが湧きあがった。

なぜか香澄がそこにいた。

いつの間に忍びこんだのだろうか。白いワンピースは見慣れたものだが、やさしい兄嫁とは思えないほど目つきが鋭くなっている。両手をだらりとさげて立っているだけだが、隙がまったく感じられない。

そして、足もとにはふたりの男が転がっている。

失神しているのか、ピクリとも動かない。状況から察するに、香澄が倒したのは間違いない。

ほかの三人は拳（こぶし）を構えて、香澄を囲むように立っている。しかし、怯えたように固まって動けない。相手は女で、しかも三対一なのに、男たちのほうがすくみあがっていた。

香澄の背後には猪生も立っている。

相変わらず無表情だが、やはり目つきが鋭い。体が大きいだけに、威圧感がすごかった。

「ね、ねえさん……」

善春がつぶやくと、香澄はこちらをチラリと見やる。

ほんの一瞬、視線が重なるが、警戒心を解くことはない。小さくうなずくだけで、すぐに影尚を見据えた。

「善春くんを返してもらいます」

香澄が静かに口を開く。口調は淡々としているが、一歩も引かない意志の強さが感じられた。

「ほう、わしに楯突く気か……」

この状況でも影尚は動じない。

部下がふたり、一瞬のうちに倒されたのだ。それでも、背すじを伸ばして堂々と座っていた。

「わしはおまえの義理の父親だぞ。忘れたわけではあるまいな」

影尚の言葉ではっとする。

これまで考えもしなかったが、香澄は貞幸と結婚したのだから、影尚は義理の父親だ。しかし、自分で偉そうなことを言うほど、父親の役目を果たしているとは思えなかった。

「あなたを父と思ったことは、一度もありません」

「ふんっ……恋にうつつを抜かして判断力が鈍ったか」

影尚がつぶやいた直後、廊下を走る足音が響きわたる。

ようやく侵入者に気づいたらしい。襖が勢いよく開け放たれて、大勢の男が雪崩れこむ。部屋に入りきれない者もいる。全員が殺気だっており、今にも香澄と猪生に殴りかかりそうな雰囲気だ。

（さすがに、これは……）

善春は圧倒されて、へたりこみそうになる。

三十人、いや、四十人はいるだろうか。いくら香澄が強くても、この人数が相手では厳しいのではないか。仮にこの場を切り抜けたとして、それで終わりではない。影尚が見逃すとは思えなかった。

「猪生、おまえはなにをやっている」

「自分は香澄さんに従うだけです」

問われた猪生が、抑揚のない声で答える。

ふだんからなにを考えているのかわからないが、あのマンションで管理人助手として暮らすうち、香澄に共感したのかもしれない。善春を助けようとするのは香澄の個人的な感情だ。それにもかかわらず、猪生は危険を顧みずに行動をともにしていた。

「いっときの感情に流されおって、後悔することになるぞ」

影尚の口調が強くなる。ふたりの部下に裏切られて、苛立っているのがはっきり伝わった。

「香澄よ、おまえを消すことなど、赤子の手をひねるより簡単なのだぞ」

影尚が低い声で言い放つ。

ただの脅しではない。実際、香澄と猪生をこの世から消し去ることなど、いつでもできるのではないか。それだけの権力と裏社会へのネットワークを持っているのだろう。

（そ、そんな……このままだと、ねえさんが……）

善春の膝は情けないほど震えている。あからさまにガクガクして、立っているのもやっとの状態だ。

それでも、愛する人を守れる強い男になりたい。ここで踏み出さなければ絶対に後悔する。自分には人並みの腕力しかないのはわかっているが、引きさがるわけにはいかない。

「もし、ねえさんになにかあったら……」

善春は勇気を振り絞り、影尚をにらみつける。

「俺は絶対にあんたを許さない」

「なんだと……」

「俺は管理人なんかやらない。あんたの後継者にもならない」

恐怖がないと言えば嘘になる。むしろ恐怖はふくれあがる一方で、押しつぶされそうな状態だ。膝の震えも、ますます激しくなっている。それでも、立ち向かう気力が萎えることはない。

「ねえさんを傷つけたら許さないぞ。どんな手を使っても、この家をぶっつぶしてやる」

自分にそんなことができないのはわかっている。とにかく、香澄を守りたくて必死だった。

「善春、よく考えるんだ。おまえは将来、日本を裏から支えていく存在になるんだぞ。そんな女ひとりにこだわってどうする」

影尚の言葉が刃物のように鋭くなり、胸に深々と突き刺さる。愛する人を侮辱された気がして、善春の心に火がついた。

「あんたに俺のなにがわかる。俺と母さんを見捨てたあんたに、なにがわかるっていうんだ」

怒りにまかせてまくしたてる。

そして、影尚に一歩、二歩と歩み寄っていく。いつしか膝の震えがとまっている。無意識のうちに拳を握りしめていた。

「このわしを殴るのか。父親を殴るつもりか」

「おまえなんて、父親じゃない」

善春が怒りを露にしたことで、香澄を取り囲んでいた男たちがこちらに視線を向ける。影尚に危険が迫れば、すぐに飛びかかってくるに違いない。

「善春くん、いけないわ」

香澄が声をあげる。そして、こちらに向かって一歩踏み出した。

そのとき、近くにいた男が香澄の肩に手をかける。影尚を守るための行動かもしれない。だが、善春はとっさに走り出した。

「ねえさんに触るなっ」

怒声を響かせて男に殴りかかる。頭で考えるより先に体が動き、右の拳を思いきり顔面にたたきこんだ。

グシャッ――。

確かな感触があり、男の鼻が曲がった。

一拍置いて鼻血が流れ出す。鼻の骨が折れたのかもしれない。しかし、男は顔色ひとつ変えず、善春の胸ぐらをつかんだ。

「くっ……」

首が絞まり、そのまま両足が宙に浮く。その状態で顔面を思いきり殴られて、後方に吹っ飛んだ。

「善春くんっ」

香澄の悲鳴にも似た声が聞こえる。その直後、男の巨体がどっと崩れ落ちるのが、視界の隅に映った。

どうやら、香澄の掌底が、男の顎に炸裂(さくれつ)したらしい。たった一発で男は昏倒(こんとう)して泡を吹いた。

それを合図にほかの男たちが身構える。香澄を取り囲み、誰もが前のめりになっていた。ひとりが殴りかかれば、間違いなく大乱闘がはじまる。善春はふらりと立ちあがった。

「や、やめろ……ね、ねえさんに近づくな」

殴られた衝撃で脳震盪(のうしんとう)を起こしている。自分に男たちを倒す力はない。それでも、あきらめるわけにはいかないのだ。

「おい、やめさせろっ」

影尚を怒鳴りつけると、男たちに向かっていく。

殴り飛ばされても決して引きさがらない。それだけの覚悟を持って、香澄を守ると決めたのだ。

「善春くん、来ちゃダメっ」

香澄の声が聞こえる。

だが、それでも善春は歩みをとめない。たとえ玉砕することになっても、絶対に逃げない。力のない自分にできるのはそれだけだ。

男たちが向かってくる。脳震盪で視界が揺れているが、善春は懸命にファイティングポーズを取った。

「やめるんだ」

影尚の声が響きわたる。

とたんに男たちが動きをとめて、さがっていく。数人は部屋に残るが、大部分が廊下に出た。

（よかった……）

内心ほっと胸を撫でおろす。

とたんに気が抜けて、その場にくずおれそうになった。懸命に両足を踏ん張るが、体が前後に揺れていた。おそらく、脳震盪の影響だろう。視界がぐんにゃり歪んでいた。

「善春くん……」

香澄が駆け寄り、腰に手をまわして支えてくれる。

「か、香澄さん……だ、大丈夫ですか」

「それはこっちのセリフよ」

「は、ははっ……そ、そうですよね」

笑い飛ばそうとするが、頰の筋肉がひきつってうまく笑えない。顔面を殴られた痛みが、今ごろになって押し寄せていた。

「善春よ……」

影尚の呼びかける声が聞こえる。

視線を向けると、猪生に肩を支えられて影尚が立っていた。ひとりで歩けないほど衰弱しているのだろうか。胡座をかいているときには気づかなかったが、浴衣からのぞいている腕は瘦せ細り、骨と皮だけになっていた。

「母親は違っても、その目は貞幸にそっくりだな。おまえの勇気に免じて、少し考える時間をやろう。どうするのが賢明か、よく考えてみるがよい」

影尚は穏やかな声で告げると、口もとに笑みを浮かべる。

だが、残された時間は少ないのではないか。影尚を見ていると、そんな気がしてならない。

（父さん……）

心のなかで呼んでみる。

ところが、まったく実感が湧かない。父親は死んだと聞かされていた。写真も見たことがなかった。父親という存在を理解できないまま育ったのだ。急に現れても、認められるはずがない。

最後に悪態をついてやるつもりで口を開く。

「体……悪いんですか」

どうして、そんなことを言ったのかわからない。自分でもまったく予想していない言葉を口走っていた。

「なんだ、急に……」

影尚は一瞬、目を見開くが、すぐに穏やかな表情に戻る。そして、静かに口を開いた。

「たいしたことはない。支えなどなくても歩けるが、猪生は厳つい顔をしているくせに昔から心配性なのだよ」

そう言って笑う顔が、ひどく弱々しく映った。

善春は見ていることができず、さりげなく視線をそらした。そして、香澄をうながして歩きはじめる。

「しっかり考えておくんだぞ」

背中に影尚の声が聞こえる。

「マンションの管理人だけでもよい。試しにやってみてはどうだ。香澄と猪生を助手につけってやってもよいぞ」

こんなに早く影尚が譲歩するとは意外だった。

やはり影尚に残された時間は少ないのかもしれない。平静を装っているが、言葉の端々に焦りが滲んでいる気がした。

「はい……考えておきます」

善春は振り返ることなく答えて寝所をあとにした。

猪生は影尚を布団に寝かせると、すぐに追いかけてくる。影尚の部下たちが両脇にずらりと並ぶ廊下を、三人はゆっくり歩いた。

縁側から日本庭園が見える。ゴルフができそうなほど広大で、飛び石の先には大きな池があり、波紋がいくつもひろがっていた。錦鯉（にしきごい）が何匹も泳いでいるに違いない。

先ほどは布袋をかぶせられていたので見えなかったが、想像以上に立派な日本家屋だ。旅館かと思うほど大きく、とても個人の家とは信じられない。お屋敷と呼ぶのにふさわしい邸宅だ。

「ここって、どこなんですか」

善春は歩きながら、ふと疑問を口にする。ワゴン車を降ろされたときに感じたが、都心からは離れていると思う。

「高尾山の近くよ」

隣の香澄が答えてくれる。郊外なのは予想はしていたが、思っていたよりも遠かった。

「どうして、高尾山なんでしょうか。都心部のほうが、仕事をするのは楽だと思いますけど」

「それは……療養のためなの」

一瞬、香澄は躊躇してからつぶやいた。

やはり、影尚の体は病に蝕まれているらしい。療養のため都会を離れて、空気のきれいな郊外に移ったのだろう。香澄は気を使って言葉を濁したが、先行きは短いのではないか。

「どこが悪いんですか」

「それは……」

「大丈夫ですから、教えてください」

善春がうながすと、香澄は小さくうなずいた。

「癌(がん)です。最初は胃だったのですが、今は、もう……」

すでに全身に転移しているという。

莫大な金を投じて、ありとあらゆる治療を施したらしい。影尚の人並みはずれた生命力もあり、余命三カ月と診断されてから五年も生き長らえている。普通の人ならとうの昔に亡くなっていたということだ。

「言いにくいことを教えてくれて、ありがとうございます」

礼を言うと、香澄は視線をそらして睫毛を伏せた。

(あの男が、俺の……)

認めたくはないが、影尚は血のつながった父親だ。

どんなに嫌ったところで、どんなに拒んだところで、事実を変えることはできない。いつか、面と向かって「父さん」と呼べる日が来るのだろうか。想像すると複雑な感情が胸の奥にひろがった。

表に出ると、黒塗りのセダンが待っていた。

猪生が部下に命じて用意させたのだ。スーツ姿のごつい男が後部座席のドアを開いて、恭しく頭をさげた。

4

マンションに戻ると、猪生は管理人室に向かった。

香澄と猪生がふたりとも留守にすることはめったにない。緊急事態なので、その間は監視カメラだけのチェックになる。だが、その隙を狙って違反をする入居者などまずいない。

フィクサーである影尚の影響力は絶大だ。影尚が経営しているからこそ、この特殊なマンションの規律は守られていた。

善春は香澄につき添われて自室に戻った。

うながされるまま、善春はスウェットの上下に着がえてベッドで横になる。すると、香澄は濡れタオルを用意してくれた。ベッドの横でしゃがみこみ、心配そうに善春の顔をのぞきこむ。

「こんな無茶をして……」

悲しげに眉が歪んでいる。

香澄は濡れタオルを善春の殴られた頬にあてがった。そして、瞳を見るみる潤ませると、大粒の涙をポロリとこぼした。

「どうして、あんなことをしたの」

香澄のこぼした涙が、善春の頬に落ちる。その熱い感触から、彼女の気持ちがしっかり伝わった。

「ねえさんを守りたくて……俺、強くなりたい」

「善春くんは強いです。わたしのために立ち向かってくれたんだもの……うれしかった。ありがとう」

香澄の言葉が、善春の胸を熱くする。たまらず仰向けのまま両手を伸ばすと、香澄を抱き寄せた。

「ねえさんっ」

「あっ……」

両膝を床についていた香澄は、小さな声を漏らして善春に覆いかぶさる。息がかかるほど顔が近い。こうして見つめ合うことで、さらに気持ちが高まってくる。善春は熱い想いに突き動かされるまま唇を重ねると、いきなり舌を深く挿し入れた。

「はンンっ」

香澄は驚いたように身を固くするが、抗うことはない。善春に覆いかぶさった状態で、唇を与えてくれる。だから、口のなかをゆったり舐めまわして、柔らかい舌を唾液ごとジュルジュルと吸いあげた。

「ンンっ……よ、善春くん」

ときどき香澄が名前を呼んでくれる。それがうれしくて、ますますディープキスに熱がこもっていく。

「ねえさん、好きです……大好きなんです」

舌を吸いながら語りかける。甘い唾液を嚥下するたび、欲望がますますふくれあがった。

「ああっ、わたしも……善春くんのことが好きよ」

香澄も愛の告白をしてくれる。互いの気持ちを確認することで、さらに気持ちが盛りあがった。

「お、俺……もう、我慢できません」

「ダメよ。善春くんは怪我をしてるんだから」

香澄は唇を離して、やさしい声で語りかける。

だが、ディープキスを交わしたことで、すでにペニスはいきり勃っていた。ボクサーブリーフのなかは、我慢汁でヌルヌルになっている、この状態で放り出されたら、まさに蛇の生殺しだ。

「そんな、ねえさん……俺、もう……」

「怪我が治ってからね」

香澄は顔をのぞきこんで、腫れた頬に濡れタオルをそっと押し当てる。そんなやさしい仕草も、今は牡の欲望を煽り立てた。

「今すぐしたいんです。俺、我慢できないよ」

「もう、善春くんったら……わがまま言わないで」

困ったようにつぶやき、善春の顔をじっと見つめる。まるで聞きわけのない子供を窘めるような言いかたになっていた。

「お願いです。だって、ほら……」

善春は香澄の手を取ると、自分の股間に引き寄せる。

スウェットパンツの股間は、内側から押しあげられて大きなテントを張っていた。そこに香澄の手のひらを重ねて、硬く屹立している肉棒の存在を強引に知らしめる。

「あっ……も、もう、こんなに……」

驚きの声をあげると、香澄の頬が桜色に染まっていく。あからさまに動揺にして、視線をおどおどとそらした。

影尚の前では、大勢の男たちに囲まれても動じなかった。それなのに、今はスウェットパンツの上からペニスに触れただけで、耳まで赤くして困惑の表情を浮かべている。

男を一発でたたきのめすほど強いのに、性に関しては初心なところがある。そんな兄嫁の反応が好ましくて、善春をますます昂らせた。

「ねえさんのせいだよ。だから、責任とってくださいよ」

「仕方ないわね……」

香澄は呆れたように言うが、気を悪くしたわけではない。顔をまっ赤に染めながら、口もとには恥ずかしげな笑みを浮かべていた。

「でも、脳震盪を起こしていたでしょう」

「だから、ねえさんが上に乗ってくれませんか」

無理を承知で頼んでみる。

香澄は意味がわからなかったらしい。不思議そうに首をかしげて、しばらくしてからはっとする。そして、もじもじと身体をよじった。

「そんなの、恥ずかしいわ」

「でも、やったことはあるんですよね」

騎乗位にこだわりがあるわけではない。だが、香澄が恥じらうので、ついついいじわるしたくなってしまう。

「したことないの……」

「それなら、俺が教えます」

善春は兄嫁の気が変わらないうちに、急いで服を脱ぎ捨てて裸になる。仰向けの状態なので、屹立したペニスが目立っていた。

「ああっ、善春くんったら、こんなに大きくして……」

香澄はため息まじりにつぶやくと、立ちあがって服を脱ぎはじめる。

ブラウスを取り去り、スカートをおろすと、女体に纏っているのは純白のブラジャーとパンティだけになった。

「あんまり見ないで……脱げなくなっちゃう」

視線を感じて、恥じらいの言葉を漏らす。

そんな香澄が愛(いと)おしくて、善春は視線をそらすことができない。無意識のうちに首を持ちあげて凝視していた。

「もう……」

香澄は善春のことを甘くにらむが、両手を背中にまわして、ブラジャーのホックをはずす。カップをずらせば、たっぷりした乳房が露になる。

さらに両手の指をパンティのウエスト部分にかけると、前屈みになりながらおろしていく。純白の布地がゆっくりさがり、恥丘が徐々に現れる。そして、漆黒の陰毛がふわっと溢れ出した。

（あれ……）

違和感を覚えて首をかしげる。

その間に香澄は片足ずつ持ちあげて、つま先からパンティを抜き取った。

もう一度、彼女の股間を凝視する。やはり間違いない。陰毛の長さが短くなっている。形も逆三角形に整えられていた。

「ねえさん、それって……」

思わずつぶやくと、香澄は両手で股間を覆い隠して腰をよじった。

「やだ、見ないで」

顔がまっ赤に染まり、瞳はしっとり潤んでいる。いったんは視線をそらすが、すぐに善春の顔をじっと見つめた。

「この間は、突然だったから……」

香澄は小声でつぶやき、下唇をキュッと噛む。そして、再び恥ずかしげに語りはじめた。

「また、善春くんに見られると思ったから……」

「もしかして、俺のために手入れをしてくれたんですか」

「はい……できるだけ、きれいな姿を見てもらいたくて……」

香澄はもじもじしながら打ち明ける。

前回は準備をしないまま、身体を重ねることになった。香澄は夫を亡くしてから独り身を貫いていたため、陰毛の手入れを怠っていたらしい。生い茂った状態を見られて、恥ずかしく思っていたようだ。

「ねえさんは、いつだってきれいです」

善春は仰向けのまま片手を伸ばすと、彼女の手首をそっとつかむ。そして、恥丘からゆっくり引き剝がした。

「ああっ……」

香澄は小さな声を漏らすが、抵抗しない。恥じらいながらも、陰毛が短くなった恥丘をさらしている。

「今日もきれいです。でも、この前もきれいでしたよ」

きれいに整えられた陰毛も、自然な感じで生えている陰毛も、どちらも魅力的だ。大好きな人の身体なら、どんな状態でも受け入れられる。愛おしくて愛おしくてたまらない。

「は、恥ずかしい……」

「きれいです。すごくきれいです」

善春の言葉に反応して、香澄が腰をクネクネとよじらせる。だが、股間は隠すことなく、陰毛は剝き出しになっていた。

「見ないでください」

香澄は羞恥をごまかすようにベッドにあがり、善春の股間をまたいだ。

両膝をシーツにつけた騎乗位の体勢だ。屹立したペニスの切っ先に、サーモンピンクの陰唇が迫っていた。

騎乗位の体勢でも、股間の奥がチラリと見える。香澄の陰唇はヌラヌラと濡れ光っていた。

もしかしたら、陰毛を見られたことで興奮したのかもしれない。考えてみれば善春に見られることを前提に、香澄は陰毛の手入れをしたのだ。しきりに照れているが、見られていやなはずがない。

「ねえさん、は、早く……」

善春は呻くようにつぶやいた。

亀頭のすぐ先に濡れそぼった陰唇が迫っている。この状況でおあずけを食らわされて、大量の我慢汁が溢れていた。

「で、でも、この格好、はじめてだから……」

香澄がとまどいの声を漏らす。

前回のときも感じたが、香澄は性に関して疎いらしい。もしかしたら、夫との夜の生活は淡泊だったのではないか。彼女の話を聞いていると、そんな気がしてならない。

影尚の手によって工作員としての英才教育を受けたが、セックスの経験は浅いようだ。身体を使って男を籠絡（ろうらく）する訓練も受けたのではないかと思ったが、そういうことはなかったらしい。

（それなら、俺が……）

善春のなかで欲望がふくれあがる。

愛する人を自分の色に染めたい。そう思うのは、男なら当然のことだ。亡き夫のことを、兄のことを、香澄が忘れるくらい愛したい。そして、身も心も自分だけのものにしたい。

「ねえさん、そのまま腰をおろして……」

善春は両手を伸ばして、彼女のくびれた腰をつかむ。亀頭と膣口の位置を合わせると、そのまま女体を引きおろした。

「ああッ、は、入っちゃう」

亀頭の先端が浅く埋まり、むっちりした尻に震えが走る。香澄は両手を善春の腹に置くと、怯えたように首を左右にゆるゆる振った。

「いいんですよ。このまま入れちゃって」

「ほ、本当に、こんな格好で……」

はじめての体位が怖いのかもしれない。

大の男を素手で倒すほど強いのに、善春のペニスを前に怯えている。そんな香澄の反応が、ますます牡の欲望をかきたてた。

「大丈夫だから、腰をゆっくり落としてください」

すでに先端は膣口にはまっている。あとは腰を落とせば、すべて挿入できる状態だ。

「で、でも、怖い……」

「俺が支えてますから、少しずつ入れましょう」

「は、はい……ンンっ」

香澄が意を決したように、腰をゆっくり落としはじめる。亀頭が媚肉をかきわけて、膣道のなかを進んでいく。

「あっ……あっ……」

「ね、ねえさんのなか、すごく濡れてます」

ペニスは半分ほど埋まり、膣襞のうねりを感じている。亀頭にからみつき、カリの裏側にもしっかり入りこむ。そして、奥へ引きこむように、膣道全体が大きく波打った。

「くうぅッ、す、すごいっ」

「あぁッ、お、大きいっ」

ついにペニスが根もとまで埋まり、ふたりの声が響きわたる。

香澄は完全に腰を落として、股間が密着した状態だ。陰毛どうしが擦れ合い、太幹はまったく見えなくなっていた。

「あぁンっ、善春くん……」

たまらなそうな声を漏らして、香澄が潤んだ瞳で見おろす。そして、腰をゆったりまわしはじめた。

「ね、ねえさん……腰が動いてますよ」

「ウ、ウソ、そんなはず……」

「ウソじゃないですよ。ほら、いやらしくまわってます」

わざと指摘すると、香澄は眉を八の字に歪めて首を左右に振りたくる。

それでいながら、腰の動きはとまらない。円を描くように大きく回転して、硬く勃起したペニスを膣のすみずみまで擦りつける。くびれた腰がくねり、大きな乳房がタプタプ弾んだ。

「あぁンっ、い、いいっ、あぁンっ」

香澄は睫毛を伏せて、うっとりした顔をさらしている。

腰の動きはとまらない。それどころか、激しさを増して、円運動から前後動に変化する。陰毛を擦りつけるような動きだ。クイクイとしゃくりあげて、肉棒の硬さを膣で堪能している。

「おおおッ、す、すごいっ」

「ああッ、こ、これ、奥に当たって……あああッ」

香澄の喘ぎ声が大きくなる。結合部分からは湿った音が聞こえて、華蜜が大量に溢れているのがわかった。

「ねえさんも気持ちいいんですね」

「そ、そうなの、気持ちいいの、ああぁッ」

恥じらいながらも感じていることを認めて、股間をグッと押しつける。そうすることで、亀頭をさらに奥まで迎え入れているのだろう。膣道の奥に当たる感触を楽しんでいるようだ。

「あああッ、す、すごい、奥が……」

「奥が好きなんですね。それじゃあ……ふんッ」

善春は仰向けの状態で股間を突きあげる。ペニスをより深くまで送りこみ、亀頭で膣の最深部をノックした。

「あううッ、あ、当たってるっ」

裸体がビクッと反り返り、香澄の顎が跳ねあがる。

深い場所を突かれて感じているのは間違いない。膣の締まりも強くなり、善春の快感も増大した。

「ううッ、も、もう、俺っ……ううッ」

一度動かしたことで、欲望を抑えられなくなる。香澄のくびれた腰をがっしりつかむと、股間を連続で突きあげる。ペニスを真下から高速で出し入れして、膣のなかを猛烈にかきまわす。

「ああッ、ああッ、は、激しいっ」

「くううッ、き、気持ちいいっ」

さらに力強くたたきこんで、亀頭で子宮口を突きあげる。すると、女体がガクガク震えて、膣道が猛烈に収縮した。

「はあああッ、お、奥に当たって、ああああッ」

「し、締まるっ、くうううッ」

「お、奥が、あああああッ、す、すごいっ」

香澄の反応がいっそう大きくなる。

乳首をピンピンにとがらせて、唇の端から涎を垂らして感じていた。あられもないよがり泣きを振りまき、今にも昇りつめそうになっている。

「ああッ、あああッ、ダ、ダメっ、もうダメっ」

「お、俺も、もうっ、うううッ」

頭のなかがどぎつい赤に染まり、絶頂のことしか考えられない。

欲望にまかせて股間を突きあげれば、香澄も息を合わせて股間をしゃくりあげる。ふたりの動きが一致することで、快感は何倍にもふくれあがり、やがて轟音を響かせながら絶頂の大波が押し寄せた。

「おおおおッ、で、出るっ、出る出るっ、ぬおおおおおおおおッ！」

たまらず雄叫びをあげて、ブリッジする勢いでペニスを突きこむ。根もとまで埋まった状態で、ついに大量のザーメンが怒濤のごとく噴きあがった。

熱い媚肉に包まれての射精は、脳髄が蕩けそうなほど気持ちいい。射精がとまらなくなり、獣のように唸りつづける。媚肉の反応も強烈で、締めつけられるほどに快感が強まった。

「あああッ、い、いいっ、お、奥が、イクッ、イクううううッ！」

香澄も絶頂に昇りつめる。

亀頭は子宮口に密着した状態だ。濃厚な粘液が直撃することで、女体が激しく痙攣する。膣壁が波打ち、奥から新たな華蜜が溢れ出す。香澄も深い愉悦を味わっているのは間違いなかった。

これほどの快楽は、かつて経験したことがない。ふたりの股間はぐっしょり濡れており、お漏らしをしたような状態になっていた。

5

「ううううッ、ね、ねえさんっ」

善春は上半身を起こすと胡座をかき、香澄の身体をしっかり抱きしめる。騎乗位で挿入した状態から、対面座位へと移行した。股間から上半身まで密着することで、快感がさらに大きなものへ変化した。

「あああッ、奥まで来てるの……善春くんが奥まで……」

香澄は甘い声を漏らして腰をよじる。なかに放出したザーメンがクチュクチュと卑猥な音を響かせた。

「ううッ、そ、そんなに動いたら……」

ふたりはきつく抱き合って見つめ合う。どちらからともなく唇を重ねると、舌を深くからませた。

「ンンっ……善春くん」

香澄がやさしく舌を吸いあげる。そして、甘い唾液をトロトロと口移しで与えてくれた。

「うむむっ……」

善春は快楽の呻きを漏らしながら、香澄の唾液を嚥下する。

ペニスはまだ膣のなかに収まったままだ。香澄が腰をまわすから、ますます硬くそそり勃ってしまう。カリが左右に張り出して、まるで楔(くさび)のように膣壁にめりこんだ。

「ああンっ、硬い……すごく硬いわ」

「香澄さんのことが好きだから……」

善春は両手で彼女に尻たぶを抱えこみ、上下にゆったりと揺する。そうやって屹立した男根を出し入れすると、下降をはじめていた快感曲線が、再び急カーブを描いて跳ねあがった。

「ああッ、す、すごいっ、善春くん、すごいわっ」

「ううッ、気持ちいいっ、ねえさんっ」

香澄の喘ぎ声と善春の呻き声が重なり、気持ちがひとつに溶け合う。

愛する者どうしだから、欲望が萎えることはない。対面座位で抱き合って、口づけを交わしながら腰を振る。股間から湿った音が絶えず響いているのも、ふたりの気分を盛りあげた。

「き、気持ちいいっ……ううウッ」

テンションがあがり、早くも射精欲がふくらみはじめる。

射精をすれば、この幸せな時間が終わってしまう。できることなら、ずっとこのまま愛する人とつながっていたい。腰の動きをとめれば長持ちするのはわかっている。しかし、快感を求めずにはいられない。

「ね、ねえさん、好きだ……大好きだ」

想いが大きくなるほどせつなくなる。

幸せすぎると、それを失うのが怖くなってしまう。

これまで経験したことのない感情がこみあげて、いつしか善春は涙を流しながら腰を振っていた。

「わたしも好きよ……ああッ、善春くんっ」

香澄も涙を流しながら股間をしゃくりあげている。

ふたりの気持ちはひとつだ。身体だけではない。もっと深いところでつながっていることを確信して、腰の動きを加速させた。

「おおおッ、おおおおおッ」

「ああッ、はああッ、い、いいっ」

またしても絶頂の気配が漂いはじめる。

息を合わせて腰を振れば、ふたりは同時に高まっていく。目指すところはひとつだけだ。心までつながっているから、恐れるものはなにもない。悦楽の頂に向かって、ひたすらに腰を振り合った。

「くううッ、で、出るよっ、ねえさんっ」

「ああぁッ、出して、いっぱい出してっ」

香澄が耳もとでささやいてくれる。それが引き金となり、またしても絶頂に呑みこまれた。

「くおおおおッ、で、出るっ、ぬおおおおおおおおッ！」

女体をしっかり抱きしめて、膣の深い場所でペニスを脈動させる。

あれほど大量に放出したにもかかわらず、またしてもザーメンが勢いよく噴きあがった。快感が快感を呼び、痙攣が股間から全身へとひろがっていく。蕩けそうな愉悦のなか、精液を一滴残らず注ぎこんだ。

「はああッ、あ、熱いっ、あああッ、いいっ、あぁあああああああッ！」

香澄も背中を反らして昇りつめていく。

膣の奥に沸騰した精液を浴びて、全身をガクガク震わせる。善春の背中に両手の爪を立てると、甘ったるい喘ぎ声を響かせた。

絶頂に達しながら、またしても唇を重ねて舌をからませる。

対面座位で性器をつなげたままのディープキスだ。絶頂の愉悦がより深いものになり、永遠の愛を心の底から実感した。

第五章　バスルームで愛して

1

二週間後――。

善春は影尚に電話をした。サンセットマンションの管理人になるように言われた件の返事をするためだ。

電話に出たのは影尚の秘書だった。

影尚と直接、話はしていない。だが、秘書を通して、できるだけ早く来るようにと返事があった。

もしかしたら、病状が進行しているのかもしれない。言葉も発することができない状態なのではないか。いやな予感がして、すぐ香澄に報告した。ふたりとも影尚に関しては複雑な感情がある。それでも、今のうちに会っておくべきだと思った。

そして、善春と香澄は迎えの車に乗りこみ、高尾山の近くにある影尚のお屋敷にやってきた。

「お待ちしておりました」

スーツ姿の年配の男が玄関で出迎えた。

ボディガードたちとは異なる痩せぎすだ。どうやら、この男が秘書らしい。影尚に似て目力が異常に強い。

「こちらへどうぞ」

秘書に連れられて、お屋敷のなかに入った。

長い廊下を歩く間、さまざまな思いが去来する。影尚の部下も何人かいっしょにいるが、誰ひとりとして口を開かない。重苦しい空気が流れているように感じるのは、はたして気のせいだろうか。

寝所の前に到着すると、胸が締めつけられるように苦しくなった。

ついに襖が開かれる。奥に布団が敷いてあり、そこに影尚が横たわっているのが見えた。

善春と香澄はゆっくり進み、布団の前で正座をした。

影尚は仰向けになって静かに目を閉じている。起きているのか、それとも眠ってるのか、そもそも意識はあるのか、見ただけではわからない。ただ、思いのほか顔色はよく感じた。

善春は困惑を隠せず、背後で正座をしている秘書に視線を向けた。

「語りかけてください。聞こえています」

そう言われて、影尚に向き直った。

「マンションの管理人の件です。じっくり考えました。思いきって、やってみることにしました」

静かにはっきり語りかける。

本当に聞こえているのだろうか。影尚はまったく反応することはない。ただ静かに目を閉じていた。

「ねえさんと五郎さんを管理人助手にするという約束、忘れていませんよね。それが条件です」

すでに香澄には話してある。

離ればなれになるなら、きっぱり断るつもりだ。しかし、今の影尚に判断する力は残っていないように見えた。

「あと、あなたの後継者の件ですが――」

善春はいったん言葉を切ると、心を落ち着かせてから切り出す。

「マンションの管理人を何年かやって、兄さんのように立派に務まれば、そのときは引き受けてもいいと思っています」

覚悟を決めて、きっぱりと言いきった。

並大抵のことではないはずだ。なにしろ、日本の裏社会を牛耳ることになるのだ。見たくもない汚い部分にも目を向けなければならないだろう。それでも、大切な人を守るため、強くなると決めたのだ。

「だから、それまで……」

生きてください。

心のなかでつぶやくが、影尚に届いているだろうか。隣を見やれば、香澄も神妙な顔をしている。きっと、善春と同じことを考えているのではないか。この状況なら、誰もがそう思うだろう。

これが最後の面会になるかもしれない。次の機会はない。いつお迎えが来てもおかしくない状態だ。

——父さん。

喉もとまで出かかった。

面と向かって呼ぶのは抵抗がある。この男は、母親と自分を捨てたのだ。しかし、最後だと思うと、呼んでおいたほうがいい気もする。

「やめておけ」

ふいに低い声が聞こえた。

影尚だった。目を閉じたまま、ポツリとつぶやいた。いつから起きていたのだろうか。もしかしたら、最初から寝ていなかったのかもしれない。いや、そんなことより、善春の心を見透かしたような言葉に驚かされた。

それきり、影尚は口を開かなかった。

だが、秘書の話によると、これまで何度も生死の淵(ふち)をさまよい、そのたびに生還しているという。医学では説明のつかない驚異の回復力で復活を遂げているらしい。それを聞いて、きっと今回も乗りきる気がした。

(そう簡単に、くたばるわけないよな)

善春が後継者に育つまで、影尚は生きつづける。

根拠はないが、そんな気がしてならない。影尚の顔を見たことで、不思議と不安な気持ちは吹き飛んだ。布団に横たわる病人なのに、普通の人間とは異なる生命力に満ちあふれている気がした。

2

マンションに戻ると、久しぶりに香澄の部屋にお邪魔した。

善春と香澄はソファに並んで腰かけている。目の前のローテーブルには甘いカフェオレの入ったマグカップがふたつ置いてあり、湯気がゆらゆらと立ちのぼっていた。

隣に住んでいるのに、この部屋に入るのは数年ぶりだ。

密(ひそ)かに想いを寄せている兄嫁と、ふたりきりになるのを避けていた。気持ちが暴走して押し倒してしまうことを恐れていた。

それに、兄と生活した匂いの残る部屋に入りたくなかった。ふたりが夫婦だったのは紛れもない事実で、それを否定するつもりはない。だが、その空気に触れたくはなかった。

（でも、今はもう……）

善春の気持ちは穏やかだ。

ふたりは心の深い場所で結ばれている。兄との結婚生活は昔のことだと受け入れられるようになっていた。

香澄は隣で穏やかな笑みを浮かべている。愛猫の貞幸さんを膝に乗せて、指先で頭をそっと撫でていた。

「こうしてると、すぐに寝ちゃうのよ」

確かに香澄の言うとおり、貞幸さんは気持ちよさそうに目を閉じている。

善春が膝枕をしてもらいたいくらいだが、この部屋では貞幸さんのほうが序列は上のようだ。我慢するしかないだろう。

「貞幸さん、よっぽどねえさんのことが好きなんですね」

「そうかしら」

「そうですよ。ねえさんにしか心を許してないいんだから」

善春はカフェオレを飲んでつぶやいた。

「そんなことはないわよ。この子、善春さんのことも大好きだもの。頭を撫でてあげて」

香澄にうながされて、善春は隣から手を伸ばす。そして、貞幸さんの頭をそっと撫でた。

貞幸さんはニャッと小さな声で鳴き、頭を浮かしかける。だが、すぐに伏せると、もとの体勢に戻った。しかし、どこか迷惑そうな顔に見えるのは、気のせいだろうか。

「なんか、いやがってませんか」

「そんなことないわよ。だって、おとなしく触らせてるじゃない。五郎さんが触ろうとすると、貞幸さん、必ずひっかくのよ」

「えっ、そうなんですか」

　そう言われて思い出す。

　何度か猪生の顔にひっかき傷があるのを見たことがある。てっきり剃刀で髭を剃るのに失敗したのかと思っていたが、あれは貞幸さんにひっかかれた痕だったらしい。

「ひっかかれるのがわかってて、どうして触ろうとするんですかね」

「五郎さん、猫が大好きなのよ」

　それは意外だった。

　あの強面でごつい男が、猫を愛でる姿は想像がつかない。でも、やさしいところもあるので、動物には好かれそうな気もする。

「貞幸さんにひっかかれると、五郎さん、すっごく悲しそうな顔をするの」

「えっ、あの無表情な五郎さんがですか」

「そうなのよ。猫には嫌われたくないみたい」

またしても意外な話を聞いて、思わず笑みが漏れた。

こんな時間が楽しくて仕方がない。好きな人と雑談を交わしながら、まったり過ごす。これほど幸せなことはなかった。

「ところで、ずっと気になっていたことがあるんですけど」

貞幸さんの話をしていたので、兄のことを思い出した。

善春の声を聞いて、まじめな話だと悟ったらしい。香澄は表情を引きしめると小さくうなずいた。

「兄さんは、本当に事故だったんですか」

もしかしたら、事故ではなかったのではないか。そんな疑問がずっと頭の片隅にあった。

なにしろ、貞幸はワケあり入居者ばかりのマンションで管理人をしていた。なにかで恨みを買っている可能性もある。それに、父親の仕事の関係で、誰かに命を狙われることもあったのではないか。

「事故よ。大雨の日だったわ。子猫が道路の中央でうずくまっていたの。そこにトラックが走ってきて……」

撥ねられそうになった子猫を、貞幸が助けたという。しかし、子猫の命と引きかえに、兄は亡くなってしまった。頭を強く打ち、それきり意識を取り戻すことはなかった。

「その猫が……」

善春は香澄の膝の上で眠っている貞幸さんに視線を向けた。

頭を撫でられて、幸せそうな寝息を立てている。牝のはずだが、不思議と兄に似ているような気がした。

「彼が遺してくれたものがふたつ……この子と善春くん」

香澄は独りごとのようにつぶやき、今にも泣き出しそうな顔で微笑んだ。

3

「お風呂、いっしょに入りませんか」

善春は思いきって提案した。

恋人ができたら、やってみたいと思っていたことのひとつだ。すると、香澄は顔を赤くして、こくりとうなずいてくれた。

「でも、恥ずかしいから、善春さんが先に入って待っていてね」

「わかりました」

いっしょに入れるのなら、順番など関係ない。善春が浮かれて返事をすると、香澄は浴槽に湯を張ってくれた。

善春はスキップしたい気分で浴室に向かった。

このマンションは浴室とトイレが別になっているタイプだ。クリーム色の壁のごく一般的なユニットバスだが、掃除は行き届いていた。

まずはシャワーで全身をさっと流す。

そのとき、ふと思いついて、ペニスだけはボディソープを使ってきれいに洗った。なにしろ、このあと香澄も入ってくるのだ。なにがあってもいいように、準備だけはしておいたほうがいいと判断した。

さっそく湯船に浸かる。ちょうどいい湯加減だ。両手で湯をすくって顔を撫でると、思わず唸り声が漏れた。

（ねえさん、早く来ないかな）

肩まで浸かっていると、のぼせてしまいそうだ。

湯から腕を出したり、浴槽のなかで立ちあがったりして、温まりすぎないように気をつけた。

そんなことをしていると、ドアの曇りガラスごしに肌色の人影が現れる。服を脱いで裸になった香澄が立っている。テンションが一気にあがるが、平静を装って湯船に浸かった。

ドアが開いて、香澄が浴室に足を踏み入れる。

白いタオルを乳房にそっと当てていた。垂れさがった先が、ちょうど股間を隠している。くびれた腰の曲線は見えており、脚もほとんど剝き出しだ。極端な内股になっているのが、牡の欲望をかきたてた。

「やっぱり、恥ずかしい……」

香澄の頰は桜色に染まっている。

黒髪を結いあげて後頭部でとめているため、白い首すじがよく見える。浮き出た鎖骨も美しくて、思わずうっとり見つめていた。

（やっぱり、きれいだな……）

何度見ても感動が薄れることはない。

香澄の裸身は神々しいまでに輝いている。タオルを押し当てているため、乳房がプニュッとひしゃげている感じもたまらない。視線を感じて肩をすくめる仕草も愛おしかった。

「そんなに見られたら……」

香澄は腰をくねらせてつぶやくと、カランをひねってシャワーを浴びる。

タオルをはずすが、裸体を見られるのが恥ずかしいらしい。こちらに背を向けることで、むっちりした尻がまる見えになった。

(おおっ、これはこれで……)

善春は湯船に浸かっているため、ちょうど顔と尻の高さが一致する。目の前に双臀が迫っている印象だ。

白桃を思わせる美尻を至近距離から凝視する。肌は染みひとつなく、シルクのようになめらかだ。そこにシャワーの湯が流れて濡れることで、つやつやと輝きはじめる。

臀裂にも視線が吸い寄せられる。

尻たぶに張りがあって盛りあがっているため、谷間はなおさら深くなる。内腿をぴったり閉じているため、秘めたる部分は確認できない。しかし、そこにある魅惑的な割れ目は記憶に刻みこまれている。

（や、やばい……）

ペニスがむずむずと疼きはじめている。

理性の力で抑えこんでいるが、気を抜いたとたんに勃起しそうだ。やる気満々だと思われたくない。最初からペニスを勃たせていたら幻滅されそうで、懸命に心を落ち着かせた。

やがて、香澄がシャワーをとめて振り返る。乳房と股間をそれぞれ右手と左手で覆い隠して、恥ずかしげに肩をすくめていた。

「あ、あの……」

「いっしょに入りましょう」

困惑している香澄をうながして、善春は湯のなかで脚をひろげる。そこに香澄を迎え入れるつもりだ。

「どうぞ、ここに来てください」

「で、では……」

香澄はおずおずと浴槽の縁をまたいで湯に浸かる。そして、善春の脚の間にしゃがみこんだ。ところが、体育座りのような格好で膝を抱えている。遠慮しているのか、善春に寄りかかろうとしない。

「寄りかかっていいんですよ」

彼女の肩に手をかけると、自分のほうに引き寄せる。

「あっ……」

香澄は小さな声を漏らして、あっさり善春の胸板に背中を預けた。

湯のなかで密着した状態だ。善春は女体に両腕をまわすと、うしろからしっかり抱きしめた。

「は、恥ずかしい……」

「大丈夫ですよ。ねえさんの身体、見えないから」

「でも、明るいから……」

香澄が小声でつぶやく。

はじめて裸を見られるわけでもないのに、顔をまっ赤にして恥じらう。そんな反応が、牡の欲望を刺激する。

「ね、ねえさんっ」

欲望にまかせて乳房を揉みあげる。湯に浸かっているせいか、いつもよりも柔らかくなっていた。

「あンっ、いたずらしたらダメよ」

「ちょっとだけですから……」

両手で乳房を揉んで、先端の乳首をそっと摘まむ。クニクニとやさしく転がせば、香澄は慌てたように身をよじった。

「あっ、そ、そこは……」

「ここが感じるんですね」

人さし指と親指の間で執拗に刺激する。こよりを作るように、やさしく繊細な愛撫を心がけた。

「よ、善春くん、ダメって言ってるのに……ああンっ」

口では抗っているが、身体はしっかり反応している。乳首は指の間でふくらみはじめて、見るみる存在感を示していく。

「あっ……あっ……」

香澄の唇が半開きになり、切れぎれの声が溢れ出す。

乳首が硬くなるほどに感度がアップする。くびれた腰が左右にくねり、浴槽の湯が大きく揺れた。

「硬くなってますよ、ねえさんの乳首」

耳もとでささやき、首すじにキスをする。とたんに女体がピクッと反応して仰け反った。

「ああっ、い、言わないで……あンっ、ダメっ」

香澄は恥じらいながらも、乳首をますます硬くする。まるで愛撫を欲するように、ピンピンにとがり勃っていた。

「こんなに硬くして、気持ちいいんですね」

「そ、そんなこと……ああンっ」

まだ恥じらいが大きいらしい。香澄は認めようとしないが、乳首はこれ以上ないほど硬くなっていた。

「ねえさんが感じてくれるから……俺も……」

興奮しているのは善春も同じだ。

湯のなかでペニスがムクムクとふくらみはじめる。もう、無理に欲望を抑えこむつもりはない。あっという間に勃起して、雄々しく反り返る。張りつめた亀頭が、彼女の腰を圧迫していた。

「あ、当たってる……」

「なにが当たってるんですか」

善春はわざと股間を突き出して、屹立したペニスを押しつける。その間も両手の指先では乳首を転がしていた。

「あンっ、ダ、ダメっ……硬いの当てたら……」

「硬いのって、なんですか」

執拗に尋ねると、香澄は首を左右に振りたくる。そして、恥じらいながら小声でつぶやいた。

「善春くんの……オ、オチ×チン」

そのひと言で、牡の欲望が燃えあがる。ペニスはさらに硬くなり、湯のなかで我慢汁が溢れ出した。

「硬い……どうして、こんなに硬いの」

「決まってるじゃないですか。ねえさんのことが好きだからですよ」

「ああっ、善春くん……」

香澄はトロンと潤んだ瞳で振り返る。そして、口づけをねだるように、唇を突き出した。

すぐさま唇を重ねて、舌をねっとりからませる。浴槽に浸かった状態で、うしろから乳房をこってり揉みあげながらのディープキスだ。

「はンっ……あはンっ」

香澄の唇から漏れる微かな声が、浴室の壁に反響する。ますます気分が盛りあがり、ペニスは痛いくらいに勃起した。

「当たってる。すごく硬いオチ×チンが……」

「ねえさん、お願いがあるんです」

今ならいける気がする。さらに深い関係になりたい。もっと、いろいろなことを香澄と経験したい。本当に好きな人だから、身も心もひとつに溶け合うような体験をしてみたい。

「口で……してもらえませんか」

遠慮がちにお願いする。すると、香澄はすぐにピンと来たのか、顔を赤く染めあげた。

「やったことないけど……善春くんが望むことなら……」

「あ、ありがとうございます」

善春はいったん立ちあがると、浴槽の縁に腰かける。

足は湯に浸かった状態で、股間からペニスがそそり勃っている。香澄は湯に浸かったまま、ペニスをチラチラ見ていた。

「す、すごい……」

「舐めてもらえますか」

想像するだけで、先端から透明な汁が溢れてしまう。張りつめた亀頭は、湯とは異なる液体で濡れていた。

香澄はこちらに向き直ると、両手を太幹の根もとに添える。そして、硬さを確認するように、指先で竿をやさしく撫でまわす。それだけで快感が生じて、ペニスがピクッと反応した。

「あっ、動いた……」

「ねえさんに舐めてもらいたくて、我慢できなくなってるんです。だから、勝手に動いちゃうんです」

「もう……善春くんったら」

香澄は困ったようにつぶやくが、それでも股間に顔を寄せる。そして、ピンク色の舌先を伸ばすと、亀頭の裏側にそっと押し当てた。

「うっ……」

思わず小さな声が漏れる。ほんの少し触れられただけで、鮮烈な快感が股間から脳天まで突き抜けた。

「ご、ごめんなさい」

香澄が驚いたように舌を離す。

突然、善春が腰をブルルッと震わせたので、痛みを与えてしまったと勘違いしたらしい。心配そうな顔で見あげている。そんな気遣いがうれしくて、ペニスはますますそそり勃つ。

「大丈夫です。気持ちよくて、驚かせてしまいました。俺のほうこそ、ごめんなさい」

「つづけるわね」

香澄は安堵して微笑を浮かべると、再び舌を伸ばして亀頭の裏側をそっと舐めあげた。

「ううッ」

またしても声が漏れて、体に震えが走り抜ける。

だが、今度は香澄もわかっているので中断しない。舌先でゆっくり亀頭の裏側を舐めあげる。

「こ、こうかしら……ンンっ」

はじめてなので慎重になっているらしい。触れるか触れないかの繊細なタッチだ。それが結果として、焦れるような快感を生み出していた。

「き、気持ちいいです」

善春が告げると、香澄はうれしそうに目を細める。そして、少し大胆に亀頭を舐めはじめた。

「すごく熱くなってる……善春くんのオチ×チン」

香澄の言葉も欲情を刺激する。

両手で竿を支えると、舌の腹で亀頭の表面を舐めまわす。ネロリ、ネロリと蠢く感じが、蕩けるような悦楽を与えてくれる。我慢汁が付着するのも構わず、繊細な愛撫が加速していく。

「ね、ねえさん……ううっ」

「もっと気持ちよくなって……ンっ」

香澄は上目遣いに善春の顔を確認しながら、舌の動きを徐々に激しくする。いつしか我慢汁はすっかり舐め取られて、亀頭は唾液まみれになっていた。

「も、もっと……お、お願いします」

欲望はとどまることを知らず、さらなる愛撫を欲してしまう。亀頭の先端からは新たな我慢汁が溢れて、竿には太い血管が浮かんでいた。

「こんなになって……苦しそう」

香澄はペニスを見つめると、意を決したように先端に唇をかぶせる。ぱっくり咥えこんで、柔らかい唇をカリ首に密着させた。

「あふっ……硬い」

「くううッ」

腰が大きく震えて、足もとの湯がチャプンッと音を立てる。

香澄は動きをとめるが、ペニスを吐き出すことはない。先端を口に含んだ状態で、上目遣いに善春の表情を確認する。

「き、気持ちよくて……つ、つづけてください」

震える声で告げると、香澄は微かにうなずく。そして、顔をゆっくり押しつけて、太幹の表面に唇を滑らせる。柔らかい唇が唾液を塗り伸ばしてく感じがたまらない。

「ううッ、す、すごいっ」

またしても腰が震えるが、香澄は中断することなく太幹を呑みこんでいく。やがて、反り返った肉棒は、すべて彼女の口内に収まった。

（ね、ねえさんが、俺のチ×ポを……）

股間を見おろせば、香澄が股間に顔を埋めてペニスを咥えている。あの香澄がフェラチオしているのだ。

絶対に叶わないと思っていたことが現実になっている。まさかこんな日が来るとは思いもしなかった。新たな感動が胸にひろがると同時に、快感も一気にふくれあがる。

「ンっ……ンっ……」

香澄は休むことなく首を振りはじめる。

フェラチオの経験はなくても、本能的にわかるのかもしれない。唇で竿をやさしくしごきあげて、舌をねっとりからませる。両手は善春の腰に添えているだけの、いわゆるノーハンドフェラだ。

「くううッ、き、気持ちいいっ」

唾液を塗りたくったところを柔らかい唇でヌプヌプ擦られて、ペニスが蕩けるような錯覚に囚われる。早くも射精欲がふくれあがり、亀頭の先端から我慢汁が溢れるのがわかった。

「あふっ……むふっ……はふンっ」

香澄はリズミカルに首を振り、次々と快感を送りこむ。善春が感じているのがうれしいらしく、愛撫がどんどん加速していく。

「ちょ、ちょっと、待って……ううぅッ」

　これ以上されたら暴発してしまう。快感がふくらみすぎて焦るが、香澄は首振りをやめようとしない。それどころか、ますます激しく振りはじめた。

「ンンッ……ンンッ……」

　唇の締めつけを強くして、太幹をグイグイしごきあげる。同時に舌を亀頭や太幹に這いまわらせる。さらには頬が窪(くぼ)むほど猛烈に吸い立てた。

「おおおッ、そ、そんなにされたら、出ちゃいますっ」

　慌てて訴えるが、香澄は愛撫をやめようとしない。それどころか、善春が追いこまれているとわかり、首を激しく振りまくった。

「ンッ、ンッ、ンッ」

「ダ、ダメですっ、で、出ちゃうっ、出る出るっ、くうううううッ！」

　こらえきれずに口のなかで射精してしまう。熱い口腔粘膜(こうくうねんまく)に包まれたペニスが脈動して、先端から濃厚なザーメンが勢いよく噴きあがった。

「はンンンンッ」

　香澄は唇で太幹をしごきながら、すべてを口内で受けとめてくれる。

　射精している間も愛撫をやめない。首を勢いよく振りつづけて、猛烈に吸茎する。その結果、ザーメンの噴き出る速度がアップして、快感が何十倍にもふくれあがった。

「おおおッ……おおおおッ」

善春は情けない呻き声をあげることしかできない。口の端から涎を垂らして、蕩けるような快楽に酔いしれた。

「ンンっ……」

香澄はペニスを咥えたまま、喉をコクコク鳴らしている。

驚いたことに精液を飲んでいるらしい。大胆な行動に驚かされるが、言葉にならない悦びもこみあげた。

(ねえさんが、俺の精液を……)

すべてを受け入れてもらえた気がする。

フェラチオはできても、ザーメンはなかなか飲めないのではないか。頼みもしないのに、香澄はすべてを嚥下してくれた。今もペニスを口に含んだまま、愛おしげにチュウチュウ吸っている。

「あンっ、善春くん……はああンっ」

名前を呼ばれるたび、胸が熱くなる。早くひとつになりたいが、今度は善春が奉仕する番だ。

4

「ねえさん、交代だよ」

香澄の手を取って立ちあがらせる。

場所を代わり、香澄を浴槽の縁に座らせた。そして、善春は彼女の正面でしゃがみこむ。湯のなかに体を沈める格好だ。

「な、なにをするの……」

香澄が困惑の声を漏らす。

なにがはじまるのか悟っているのではないか。股間をガードするように、膝をぴったり閉じていた。

「お返ししてあげます」

善春はそう言って、彼女に膝に手をかける。左右にグイッと割り開くと、白い内腿とサーモンピンクの陰唇が露になった。

「ああっ、ま、待って……わたしは大丈夫だから」

香澄は羞恥の声を漏らして、股間を両手で隠してしまう。

しかし、股を大きく開いた状態で、必死に股間を隠す仕草が、香澄の意志とは裏腹に男をますます欲情させる。善春のペニスは射精した直後なのに、湯のなかで雄々しくそそり勃った。

「俺ばっかり、気持ちよくなるのは悪いですから」

香澄の手をつかんで股間から引き剝がすと、目の前の陰唇を凝視する。

ペニスをしゃぶったことで興奮したのかもしれない。湯とは異なる、とろみのある液体で濡れ光っている。それは愛蜜にほかならない。香澄は羞恥にまみれながらも欲情していたのだ。

「ね、ねえさんっ」

内腿に両手をあてがうと、顔を股間に埋めていく。陰唇にむしゃぶりつき、舌を伸ばして舐めあげた。

「あああッ、ダ、ダメぇっ」

香澄の唇から悲鳴にも似た声が溢れ出す。陰唇を刺激されたことで内腿に力が入り、ピクッと震えた。

「そ、そんなところ……き、汚いから」

「ねえさんの身体に、汚いところなんてありません」

善春は自分の言葉を証明するように、恥裂を何度も舐めあげる。そのたびに女体が震えて、陰唇の狭間から新たな華蜜が染み出した。

「ダ、ダメ……ダメよ」

香澄は譫言のようにくり返し、善春の頭を両手でつかむ。引き剝がそうとするのかと思ったが、髪のなかに指を挿し入れてかき乱す。そして、抱きかかえるようにして股間に引き寄せた。

「ああンンっ、ダ、ダメ……そんなところ舐めたら……」

言っていることと行動がともなっていない。口では拒絶しているが、香澄の身体は完全に受け入れている。すでに女陰はトロトロになっており、舌を少し押し当てただけで膣口にヌルリッと入りこんだ。

「あああぁッ」

「こんなに濡らして……俺の舌で感じてるんですね」

善春は気をよくして、とがらせた舌を出し入れする。そのとき、上唇に柔らかい突起が当たっていることに気がついた。

(これって、もしかして……)

割れ目の上端にあたる部分だ。

おそらく、これはクリトリスではないか。快感の集中している器官だというのは知っているが、意識して触れたことはなかった。試しに唇を軽く押しつけて、柔らかい突起を刺激する。

「ああンっ、そ、そこは……」

とたんに香澄の唇から甘い声が溢れ出す。

それと同時に柔らかかった突起が充血して硬くなる。プリッという弾力で、唇を押し返した。

(やっぱり、そうだ……)

クリトリスに間違いない。

それならばと、舌で膣口をかきまわし、上唇でクリトリスを刺激する。二カ所を同時に愛撫することで、より強い快感を送りこんだ。

「あぁッ、そ、そんな……あああッ」

香澄はとまどいながらも感じている。浴槽の縁に座り、大きく股を開いた大胆な格好で喘いでいた。

「ねえさん、もっと……もっと感じてください」

右手の中指を膣口に押し当てる。ほんの少し力を入れただけで、いとも簡単に沈みこんだ。

「あうッ、ゆ、指、ダメっ、はああッ」

香澄の喘ぎ声がいっそう大きくなる。膣口がキュウッと収縮して、善春の中指を締めつけた。

「すごく締まってますよ、ねえさんのここ」

「そ、それは、善春くんがいたずらするから……」

「でも、ほら、こうすると気持ちいいでしょう」

中指を軽く出し入れして、クリトリスを舌先で転がす。内腿の痙攣が大きくなり、愛蜜が大量に溢れて尻穴のほうへと流れていく。香澄の足が震えて、浴槽の湯が大きく波打った。

「ああッ、そ、そんなにされたら、わ、わたし……」

「イキそうなんですね」

クリトリスを舐めながら問いかける。すると、香澄は両手で善春の髪をかきむしりながら、耐えられないとばかりにガクガクとうなずいた。

「も、もう……ああッ、もうっ」

「イッていいですよ。俺の舌でイッてください」

語りかけると同時に、膣に埋めこんだ中指を鉤状に曲げる。さらにクリトリスをジュルルッと思いきり吸いあげた。

「はあああッ、も、もうダメっ、あああッ、イ、イクッ、イクうううッ！」

ついに香澄が昇りつめていく。あられもない嬌声を響かせて、股間を思いきり突きあげた。その直後、透明な汁がプシャアアアッと勢いよく飛び散った。香澄は絶頂に達したながら潮を噴いたのだ。

「はああああッ、い、いやっ、とまらないの、はあああああッ！」

香澄は半泣きの顔になり、首を左右に振りたくった。

「み、見ないでっ、あああッ、お願い、見ないでっ、ひああああああッ！」

潮はとまらず、金属的な喘ぎ声が浴室の壁に反響する。

きっと潮を噴くのは、これがはじめてなのだろう。香澄はとまどいながらも快楽に翻弄されて、いつまでもヒイヒイ喘いでいた。

(す、すごい……すごいぞ)

善春は顔面に潮を浴びながら、異常なほど昂っている。

あの香澄が潮を噴くとは驚きだ。自分がそれほど感じさせたと思うと、感動と興奮が湧きあがった。

5

「ねえさん……もう、我慢できないよ」

善春は香澄の耳もとでささやいた。

今、ふたりは浴槽のなかで立っている。香澄は壁に両手をつき、尻を少しうしろに突き出した格好だ。そして、善春が背後に立ち、彼女の身体をうしろから抱いていた。

「あンっ、硬い……」

香澄が恥ずかしげにつぶやく。

バットのように勃起したペニスが、ちょうど尻の割れ目にぴったり当たっている。香澄はくすぐったそうに腰をよじり、潤んだ瞳で振り返った。

「よ、善春くん……わたしも、我慢できない」

「ねえさんっ」

求められたことでテンションが一気にあがる。

盛りあがった気持ちにまかせて、善春はすぐに勃起したペニスを膣口に押し当てた。クチュッという湿った蜜音が、聴覚からも興奮を煽り立てる。くびれた腰をつかみ、体重を浴びせるようにして亀頭を埋めこんだ。

「あああッ、い、いいっ」

待ちかねていたように、女壺が激しくうねり出す。無数の膣襞が亀頭にからみつき、奥へ引きこむように波打った。

「す、すごい……ううッ」

根もとまで押しこみ、善春の股間と香澄の尻が密着する。ぴったり重なることで一体感が深まり、身も心もつながっている悦びがこみあげた。

「ねえさん、動きますよ」

耳に熱い息を吹きこみながらささやきかける。それだけで膣がうねり、ペニスをギリギリと締めあげた。

「う、動いて……いっぱい突いて」

香澄も求めている。いっしょに気持ちよくなりたいと願っている。それが伝わるから、善春も最高潮に高まっていく。

「ううッ……ううッ」

腰をゆったり振りはじめる。浴槽のなかでの立ちバックだ。足もとの湯が揺れて、チャプチャプと音を立てた。

「あッ……あッ……お、大きいっ」

すぐに香澄が喘ぎ出す。先ほどの愛撫から興奮状態が継続しており、膣のなかは完全に蕩けきっている。ペニスを出し入れすれば、鋭くエラを張ったカリが膣壁をえぐり、大量の華蜜がかき出された。

「はああッ、す、すごいっ」

「ね、ねえさんのなか、熱くて……ううッ」

自然とピストンが加速する。股間を打ちつけることで、熟れた尻がパンパンッと小気味よい音を響かせた。

「こんな格好、はじめてだから……はあああッ」

「お、俺も……き、気持ちいいっ」

「あああッ、なかがゴリゴリって、あああああッ」

香澄の声がどんどん大きくなる。

はじめての立ちバックで、いつもと擦れる場所が違うのかもしれない。ペニスをスライドさせるたび、香澄の全身に震えが走る。汗ばんだ背中が反り返り、膣のなかが激しくうねった。

「ううッ、そ、そんなに締めないで……」

「ち、違うの、勝手に……あああッ、擦れるから、はあああッ」

腰を振るほどに、ふたりは同時に高まっていく。

しかし、先ほど射精しているので、まだ耐えられる。善春は腰の振りかたを激しくして、ペニスを力強く出し入れした。

「おおおッ、おおおおッ」

「ああッ、あああッ、い、いいっ」

香澄は両手の爪を壁に立てて、さらなる刺激を求めるように尻を突き出す。愛蜜の量も増えており、股間から湿った音が響いていた。

「いい、いいのっ、あああッ」

「もっとよくしてあげますよ……くおおおッ」

唸り声をあげて、股間を思いきりたたきつける。ペニスが深い場所まで入りこみ、亀頭が膣道の行きどまりに到達した。

「あううッ、お、奥っ、あ、当たってるっ」

「ここがいいんですね……ふんんッ」

女体が激しく反応するから、亀頭を深い場所まで送りこむ。膣がキュウキュウ締まり、善春の快感も倍増する。

「ああぁッ、い、いいっ、も、もっと」

香澄が振り返り、濡れた瞳でおねだりする。膣奥への刺激を欲して、腰を淫らにくねらせた。

「こんなに感じてくれるなんて……おおおッ」

興奮にまかせてペニスをたたきこむ。亀頭で子宮口をノックすれば、彼女の背中が弓なりに反り返った。

「はああぁッ、い、いいっ、もっと、もっと突いてっ」

「くううッ、ね、ねえさん……香澄さんっ」

名前で呼ぶことで、なおさら気分が盛りあがる。

快楽を共有することで、身も心もひとつに溶け合っていく。もはや、ふたりではなく、ひとつになったような錯覚のなか、かつて見たことのない絶頂の急坂を駆けあがる。

「おおおッ、香澄さんっ、くおおおおッ」

ラストスパートの抽送だ。愛する人の身体をしっかり抱きしめて、とにかく全力で腰を振る。快感が快感を呼び、頭のなかがまっ赤に燃えあがる。もはや昇りつめること以外、なにも考えられない。雄叫びをあげながら、一心不乱に快楽を求めつづける。

「あああぁッ、も、もう、あああぁッ」

「お、俺も、くおおおおおッ」

ふたりの声が重なり、ついに最後の瞬間が訪れた。

「はああぁッ、イ、イクッ、イクイクッ、あああああああぁッ！」

「ぬううぅッ、で、出るっ、おおおおッ、くおおおおおおおッ！」

同時に達して、ふたりとも全身をガクガクと痙攣させる。精液が女壺の奥深くで噴きあがり、媚肉に染みこんでいくのがわかった。

つながったまま湯船のなかにしゃがみこむ。善春が胡座をかき、そのうえに香澄が座りこむ格好だ。ペニスが深く突き刺さり、香澄が甘い声をあげる。注ぎこんだ精液がグチュッと淫らな音を立てた。

「あンっ……たくさん出したのね」

香澄が潤んだ瞳で振り返る。

「こんなもんじゃないですよ」

善春は首すじにキスの雨を降らせながらささやいた。

「まだ、する気なの……」

「香澄さんが相手なら、何度でもできるんです」

「ああっ、善春くんったら……」

その瞬間、膣がキュウッと締まる。どうやら、香澄も欲しているらしい。

「遠慮はいらないみたいですね」

真下から股間を突きあげると、浴槽の縁から大量の湯が溢れ出した。

今日からすべてがはじまる。困難なこともあるだろう。それでも、ふたりで力を合わせれば、乗りこえていけると信じている。

エピローグ

貞幸さん、善春くんが後継者になることを決心しました。

まずはマンションの管理人からはじめるそうです。貞幸さんと同じ道を歩むことになりました。

あなたにとっては不本意なことかもしれません。

でも、彼がそう決めたのなら、わたしは彼を守るだけです。たとえ、この命を懸けることになっても……。

あなたに出会ったころのわたしは、あの人の操り人形でした。誰かを傷つけても、いっさい感情が動かない氷のような女でした。

でも、あなたの護衛をまかされて、わたしは変わりました。

あなたとともに過ごし、愛されるうちに、わたしの凍った心は溶けていきました。あなたの温かさが溶かしてくれたのです。

そして、泣くことを覚えました。人は幸せすぎても涙が出るのですね。すべてあなたが教えてくれたことです。

そして、自分がいかに罪深い人間かを知りました。

生きるために仕方なかったとはいえ、決して許されないことをたくさんしてきました。

貞幸さん……きっと、わたしは天国にいるあなたのもとには行けない。

それなら、わたしは自分のできることを、すべて善春くんのために注ごうと思います。決して彼の手が汚れないように……。

あなたがわたしを変えてくれました。

愛があれば人は正気を保っていられます。あなたがわたしを愛してくれたように、これからは彼を愛し抜きます。

※この物語はフィクションです。同一名称の固有名詞等があった場合でも、実在する人物や団体とは一切関係ありません。

イースト・プレス
悦文庫

兄嫁はワケあり管理人

葉月奏太（はづきそうた）

２０２３年３月22日　第１刷発行

企　画　松村由貴（大航海）

発行人　永田和泉
発行所　株式会社 イースト・プレス

〒１０１-００５１
東京都千代田区神田神保町２-４-７ 久月神田ビル
電　話　０３-５２１３-４７００
ＦＡＸ　０３-５２１３-４７０１
https://www.eastpress.co.jp

印刷製本　中央精版印刷株式会社
ブックデザイン　後田泰輔（desmo）

ISBN978-4-7816-2179-1 C0193